Был генерал

Ольга Форш

СОДЕРЖАНИЕ

РАССКАЗЫ

Был генерал

I

— Приехал вскормленник мой, енарал, Никита Иваныч, — радостно сказала Анфиса, худая, иконописная старуха, входя в избу.

— Ишь ты, приехал, — обозвался с печи Артем. — Сколько годов один ветер в хоромах ходил.

— А нонче уж сам, а гладкий стал. Пальто у его алым подбито, ровно сарафаном... — с гордостью выговаривала старуха, стягивая сапоги, облипшие жидкой весенней грязью. — Исподнее такой тонкости... и где только тканое? Стирают уж... Анфиса вобрала изжеванные губы и вдруг рассердилась: — Марья Шепчиха свою девку поставила, поспела, сука... А кажись моя тут копейка, не ейный он вскормленник.

— Ейный, — усмехнулся Артем, — нетто когда на проезжей дороге росла трава!

Анфиса еще раз выругала Марью, и с подвязанным подбородком, подоткнутым подолом, бабой-ягой прошла к печке и под самый нос Артема уткнула свои сапоги. Артем нехотя передвинул голову, по-бабьи укрученную в теплый платок. С детства болел он ушами, а как примерз с пьяна к луже, так уж с печи и не слезал.

— А што, матка, — сказал Артем таким голосом, будто язык у него был толще чем у других, — ти не обозвалась ты генаралу: я, мол, кормилка твоя, а Степка наш, значит, брат ему молошный.

— Не отважилась, Артемушка, ах, не отважилась, — вздохнула старуха.

— Ходил этта он по доскам, в саду, от грязи накладены, а грузный, а сурьезный, одно слово — енарал. Только осмелела, посунулась, а он пальтом заалел да в двери: хорошо этта, говорит, Анеточка, на дворе пахнет, ты бы прошлась, это женке-то, а она, ровно простыней обкрученная распоясана, а с

1

лица поганая, как закричит на его: я, говорит, в грецкия земли хочу, а не навоз деревенский нюхать.

— Господа сами духовиты, — до ушей ухмыльнулся придурковатый Степа. Сидел он на лавке у стены, длинный да белесый, прямой "выветреный колос", как прозвала его деревня. Лишь только выбивался из мрака на освещенную поверхность стола ошалевший прусак, Степа давал ему хорошего щелчка и гоготал, когда тот вверх тормашками летел на пол.

— Ты бы, мать, узоров не разводила, — уныло сказал Артем и спустил с печи, словно двух спеленутых младенцев, свои распухшие обмотанные ноги. — Покланялась генералу на бедность, все пятерку бы дал. Хоша к фершалу съездить, сказывали "супермазь" сам открыл, от всего легчает. Буравит косточки-то... ох-хо...

— Тоже и пишша... опять словно камни, — тяжело заворчал Артем языком, — хлёбово варишь — свиньям в пору. — Мясного с Крещения не видали.

— Мясного ишь ты, — загоготал Степа и, пропустив шустрого прусака, плюнул ему вдогонку. — А я намедни из хлёбова двух червей выловил, должно гороховые. Пущай для навару, вот-те и мясное! Го-го...

— Чаво загугнел... лапша, — презрительно зашипела Анфиса. — А ты матери не укорщик, — кивнула она на Артема, и на бревенчатой освещенной стене странно продвинулась торчащими кверху концами платка, словно рогами, ее черная тень.

— Коли не робкой кобылы жеребенок, сходи с дураком этим, али сам за него обзовись: я мол братец твой... зачирвелый.

— Куда мне... — показал Артем на свои ноги.

— Я, маменька, сам схожу к братцу-то, мне што, — сказал Степа.

— Сам! — Анфиса с сердцем плеснула квасу в облезлую крашеную миску, протянула руку за картошкой, но раздумала и, тяжело опустившись на скамью, громко высморкалась в подол. Слезы пробирались к ней в рот по глубоким привычным морщинам. Она не размазывала их ладонью по лицу, а шевеля, как старая лошадь, губами, только вздыхала истово, как от горячего чая, почти с облегчением. Случится выпросит щепотку у попадьи и нагонит ее в печи ровно калину. Тянет с блюдца, пока весь чугун не опорожнит...

Так на холоде коровы к теплой барде присасываются. Не отгонит подпасок — лопнет, сама не отвалится.

2

У Анфисы, вдовой солдатки, как жернова на шею, нависли два никчемные сына: Артем зачирвелый, да Степка дурак.

Выпало ей на долю самое трудное и не бабье, а мужиково: обмозговать что и как. Ни двора, ни хозяйства; одну голую избу, как бобылке, мир присудил. Ходила на поденщину, к попу, к дьякону. Белье стирала, огород полола, жидам в шабаш воду таскала. Да все: как бы угодить, да чтоб Марья, тоже солдатка, стирку не перебила.

Только и отдыха за своим бабским, подлинным: вот поплакать, чайку испить в дорогую душу.

И от чаю и от слез сердце-то словно распаривалось... отпускало.

Увидав вскормленника генерала, Анфиса не переставала испытывать какие-то утомительные сложные чувства. Лестно было ей вспомнить, как трещали под ним доски и алым маком заворачивалось при каждом движении пальто. Лестно потому, что не с чужого, с ее молока пошел расти генерал.

И вместе от этого же самого — что грузный да сытый такой, что подкладка красная — было обидно. Так обидно, будто кто сердце двумя руками выжимал, как белье выкручивал.

— Пойдите, сынки, пойдите к вскормленнику... с того и, скажите, зачирвели оба, что груди тебе, — а слезы-то нам.

— Покойница барыня на Степку и не глянула. Ровно щенка я в стеганку укрутила. Сунула отворотившись трешницу: нельзя говорит двух разом кормить, свово сдай на деревню. А на деревне известно маком опоили... ишь дураком сидит.

— А как тебя Аким прижила, знов мамкой к поповичу. — Попадья — родить родила, а не молошная. И она тож: нельзя двух, чай не корова, на жвачке тебя сынок и сгноили.

Анфиса причитала-скулила. За стеной девчонка, всунув ногу в веревку, качала колыску. Скрипел под потолком деревянный брус. Артем вздыхал, перекладывал ноги... Степе стадо скучно, так скучно... тошнотою подкатывало к сердцу.

Не забегали больше прусаки на светлый круг, тот шустрый, верно, усами передал... Делать Степе было нечего. Он зимой ровно капуста перепрелая, даже лаптя сплести не умел. Все больше спал, очумелый. Когда бы не был он таким пастухом, что сам бык Евлан на голос его словно овечка малая шел — и кормить зимою не стоило б.

Очень обидно было Анфисе за Степку, стыдилась его. Артем, тот, правда, и копейки в дом не вносил, а все ж он — как люди: и водку случалось пил, и детей, когда еще крепче был, от девки сироты прижил, и речь его понятна, и думка как у людей...

А Степка, — леший его батька, ленивый на нем не линял. С ребятами ровней, со псами лижется, ни пахать толком, ни в батраки. Рот разинет — чужую борозду заскородит. Только и отдыха от него, как в пастухи поставила.

За дверью что-то затопотало, натиснуло. Ввалилась здоровая девка, краснощекая сирота Настя. За ней, давя друг друга, наполняя избу странно-человеческими звуками, мягкие черные барашки. Соседний богатый мужик Мареев перестраивал свой скотный, а — пока "от куска" ставил к Анфисе в избу скотину. За это, когда забьют борова, уделят лопатку.

Анфиса, увидав девку, сейчас же подобралась, чтоб она не подумала, будто воротилась из усадьбы несолоно хлебавши:

— Вылови из кадки огурцов, — приказала она тем сухим, злым голосом, каким на деревне всякая испитая горемычная баба говорит с красивой девкой. Настя скрылась в темных сенях и, поливая холодным рассолом вздрагивающих баранов, положила на стол огромные, набухшие огурцы.

— Ишь утопленники, — оживился Степа и, встав, нажал ладонью на самый толстый, отчего тот слабо квакнул.

— Ровно жаба, живой...

— Леший ты, ирод... — Анфиса замахнулась обгрызенной ложкой, но Степа увернулся, и, споткнувшись о баранов, побежал вон из избы.

— Водяной бык! — радостно крикнул он, показав на минуту белобрысую чахлую бороденку.

— Тетенька, я пойду к озеру... — закраснелась Настя. — Водяной бык гудёт.

— Знаю твово быка. Знаю к кому ходишь, — а мне што, иди...

II

Гу...у...уп — тяжело хлопался кто-то в воду и по всему пруду отдавалось, гудело поверху широкой разлившейся воды, у...у...у... Это смешная птица вставляла по самые глаза свой длинный нос в воду и, выдыхая, испускала такие густые, мощные звуки, что, казалось, большой неуклюжий зверь увяз в тине.

Водяной бык открывал весну. Каждый год по его сигналу

все девки и парни сбегались к озеру и жгли сухие листья, свезенные в кучу, после чистки господского сада. Степа не любил хороводиться с девками: они его высмеивали, парни смазывали ладонью снизу вверх, да и суетливо...

Он полез на толстую липу, что подпирала сплывшую под гору Анфисину избу, и стал смотреть на костры. Частый, ночью совсем серый березняк прорезали красные огни. Совсем маленькими, черными кажутся Настя и Фаддей, сыроваров работник. А головы сидящих на земле девок словно тыквы.

Вот Митрошка выхватил гармонью и заорал глупую, из пригорода занесенную песню:

Девки или, девки или
Они жарили картофь
Сокрушили, иссушили
Усю нашу молодежь.

Зашевелились тыквы, выросли в девок, затопотали, запели. Сыроваров работник подхватил кого-то да Митрошке через огонь, а Митрошка Ваньке, а Ванька в кусты...

Ух... Словно колокол оборвался... плюхнулась Домна в костер и до самых тонких ветвей, прямо в звезды, брызнули кровавые искры. Кинулись парни тушить девку, а девки хворостинами сзади бьют парней. Визг, смехи...

Гу...у...уп. Оборвал, не гудет. "Должно, приманул свою бычиху", — подумал Степа и перевел глаза с ярких огней на небо. В синеве наверху еще лучше. Большая, вся распухшая от весенних соков береза переплелась макушкою с липой. А под ногами — ничего... весело, словно аисту на колесе. Вниз глянуть: темно, а сквозь голые частые ветви, небо такое... ну просто пахучее. И звездочки промывает, мягчит весенняя влага.

Буль... буль... густой сладкой каплей падает березовый сок, переполняет, пузырит ведерко. Соловей только зачастил, стал сыпать... а крапивянка с сирени так и втирается, подражает. Остановился соловей, уступил, трещит крапивянка, будто и правильно. Однако до коленца с переливом дошла и заикала... соловей еще малость выждал, скосил глаз на соловьиху, напружил перья на горлышке и пошел...

Степа вытянул голову, приоткрыл рот и, никуда определенно не глядя, словно сразу и видел и слышал все; въедливую песню сыровара "Девки или, иссушили", и двойной звук каждой капли березового сока: густым всплеском в ведро, чуть слышным шорохом внизу, в сухих листьях.

Завился Степа в черных ветвях, длинный какой-то, словно бескостный. На тонкой жилистой шее бесцветное лицо. Волосья — солома прошлогодняя, голубые, словно незрячие, глаза — прямой, выветренный колос.

А ему, дуроковатому, мнится, будто это он сам сейчас с весенней удалью швырнул в огонь Домну. Это он вместе с птицей гудел по воде, слышал дух оживающей тины. Будто это он — тот сладкий сок, что разморил, раздадорил березы...

III

— Сте-е-пка, а Степ! — дребезжала, надрывалась Анфиса. Еще завела голос да шарахнулась. — Ишь чертов ворон!

Степка каркнул и свалился прямо с дерева ей под ноги.

— Мужички за делом пришли, ходь в избу, тебе дураку почет... выборным будешь.

В избе сидели гости: старик Тимофей и Левка, рыжий парень с острыми веселыми глазками.

— Слышь, Степа, — сказал старый, — послужить ты ноне деревне должон. Мир матке твоей избу отвел, в пастухи тебя рядят. Поколеть бы вам, кабы не мир, вот значит и отслужи своей дуростью.

— Посылаем тебя к енаралу, супротив старшины, — скороговоркой выскочил Левка.

— К е-на-ра-лу... — вытянул Степа, — матка, гляди, заробела...

— Матка твоя с обхождением, а ты дурачок, тебе ништо... К тому ж енарал тебе не чужой, родня, брат молошный, — стучал в ухо Левка.

— Узнали мы, што тихой он, так вот, может, если как к отцу родному, и присечет он земского-то, — сказал старик.

— Што ж про земского сказывать, дяденька?

— Ай дурень, про земского нишкни. Коло него разводить разводи, самого, храни Бог, не обзывай, — зашептал пугливо Левка.

— Слушай, да повторяй за мной ровно псальму, — строго приказал Тимофей. — Кланяются тебе, пребывшие тово батюшки мужички, от белого лица до сырой земли... и поклонишься.

6

— И поклонишься... — повторил Степа, следя, как вздыбился кот, чтобы достать с лавки кусок хлеба.

— Ти не можно, скажешь, тебе без нас старшину сменить, мы его, скажи, боимся. Он, значит, нас ровно крепостной зависимостью, а земский его поддержает. Сел коло сындыка, миргает, а мы шары и ложим направо — боимся. И подвел этта, что знов тот старшиной, а родню дикандатом.

— Ди-кан-датом... ишь ты, — улыбнулся Степа, и с удовольствием еще раз повторил ди-кан-датом.

— Чего, ровно удод заладил, — осадила Анфиса.

— А старшину ж, дяденька, сами мужички выбирали, их чай слобода? — прогнусавил с печи Артем

— Слобода! Дураков брат, видно и сам одурел, — недовольно заговорил старый. — Слобода нам теперь есть по правилу околевать, а допреж того бесправильно дохли. В голодный год, небось, по слободе столовую давали? Климу неимущему присудили, а староста богатеющий себе отпятил. Слобода... у чертовой она матери!

— Ну, негоди мне, — встал старик. — Слушай, Степа, сурьезно: вали енаралу, что хошь, не сумлевайся, брат ты ему молошный, и Богом к тому же обижен, а земского с старшиной разлить беспременно пора.

— Да уж я, дяденька, все, я ему ди-кан-дата! Мне што, мне все одно! — говорил Степа, выходя за мужиками на улицу.

— А што, Федосеич, — обратился он к Левке, — может, уж скоро "поволочимся", бык слышно гудет.

— Утопнешь... лошадям по брюхо. Разве што кругом пойдем. Да перва научись: в присказ много чего втиснуть надоть... Уж про Петру Кондорыкина не ори как ране: "а и чей-то дом, ровно дуб средь пней". Другим обидно. Обстроились. И Кузмичевы лавку, и вдова Белоусиха клетей наплодила.

— Так ты, дяденька, загодя обучи; отмнеем, — когда там! — просил Степа.

Верстах в десяти было большое село, а около монастырь. Давным-давно ходили туда на пасху "темные" петь христосные песни и величания. Настоящих слепцов было мало, старики в волочебнички шли редко, так что отемневали Христа-ради "охотники"; брали себе поводырей и всю Святую по обету глаз уже не открывали. После обедни, под воскресный трезвон, когда бабы с облупленными до половины яичками, чтобы святость "наскрозь" проходила, шли христосоваться в именитые купеческие дома, "волочебнички", все в белых суконных армяках, держась друг за друга, тянулись им вслед, припевая:

Волочебнички мы, волочилися,
Ради батюшки Христа истомилися.

IV

Генерал Никита Иванович, если не гулял в саду по доскам, нарочно для него положенным от крыльца до садовой калитки, то сидел в ванной.

Белые стены ласково отдают весь получаемый свет. Под ногами упругий, в голубых цветочках, линолеум. Отсутствие привычных предметов, связанных с назойливою мыслью о былом, делают эту комнату единственной, в которой Никита Иванович чувствует себя свободно после того, что с ним произошло.

На мудреных приспособлениях для душа установлена небольшая батарея. Длинные проволоки зелеными червями пробираются в аквариум, стоящий на табуретке в белой фарфоровой ванне.

Генерал медленно надевает на провод старую пуговицу и, опустив ее в воду, радостно следит, как нежная светлая дымка обволакивает облезлые места. Пуговица становится такая белая, веселая...

— Новорожденная, — улыбается генерал и берется за другую. За пуговицами шпоры, задвижки или просто куски меди, а зачем, для чего? Не все ли равно.

Генерал пересеребрил уже всю кучу мелкой рухляди, что была под рукой на окне, а с большими предметами сегодня возиться не охота. Надо встать с места, усилить ток... уже не занятно, как в первые дни. Теперь только бы смотреть, как облезлые, израненные временем места залечивает серебристый налет.

— Если б и меня кто-нибудь так, на провод и в воду!

Генерал положил руки на колени и стал думать все об одном и том же с самого начала.

Отдали в корпус, в тот, где был и отец; вышел в тот же гвардейский полк, и командир до поступления в академию так и звал не по имени, а "сынок Иван Палыч". В академии благополучно сдал роковую третью тему. В тридцать минут, как это строго, по толстым золотым часам проверял профессор, передал историю чужой кампании со всей славой, поражениями и овсом, съеденным лошадьми. Окончание

8

академии поставило Никиту Ивановича на гладкие рельсы и далеко без уклонов протянулись блестящие прямые полоски.

Так прочно, так издавна все в его жизни было налажено и он сам, маленький, но для чего-то необходимый винт, был пригнан как раз туда, где ему быть надлежало. О чем еще думать, чего искать?

Не нарушилось это равновесие и войной. Жизнь в вагоне-столовой шла, как в Петербурге, — те же лица, те же бумаги...

Нового — жутко волнующее любопытство посмотреть на сражение; но знал, что и здесь все так же налажено, опасности нет.

Произойдет так, как бывало, начитавшись Жюль Верна, представлял себе, что спустился на дно морское в стеклянном колпаке. Кругом чудища; облепил стекло осьминог, а ему что, его не достанет.

И вдруг эта одинокая, словно самой судьбой брошенная пуля. Поразила другого, а его только близко чуть коснулась, обожгла. Левый глаз, как раскаленный чугун, ударил об мозг, и огромная ледяная волна опрокинула Никиту Ивановича навзничь.

Длинная нервная болезнь... отставка с генеральским чином. Никита Иванович, как и раньше, мог двигаться, воспринимать ощущения, но службу пришлось оставить: всякое усилие вызывало нестерпимую боль в левом глазу и затылке. Безболезненными были теперь только мысли, возникавшие сами, помимо его воли, в опустошенной голове. Но зато от этих мыслей ныло сердце. Как странно, говорил себе Никита Иванович: нет меня, начальника штаба, и нет меня вовсе. Куда же делся я — человек, я, Никита?

Он вспомнил свой детский портрет еще до корпуса, в русской поддевке и шапочке с павлиньим пером. Никита, ласковый, немного ленивый мальчик любил лежать над вечерней водой или навзничь во ржи, искать в небе жаворонка. Правда, когда monsieur звал, он отрывался, шел беспрекословно.

— Что изберешь: инженерное или как я, к лошадям, а там в академию? — спросил отец после корпуса.

Никита хотел было сказать: отпустите пожить просто, посмотреть. Но ленивое соображение, что придется что-то искать, беспокоиться, тут же вялостью разморило душу, и он мягко сказал:

— Как вы папа, так и я.

— Ну так сперва в кавалерийское, оно здоровее. Что ж, в "зверях" и Лермонтов был. А у нас из рода в род... ну и отлично.

Никита Иванович стал замечать, что после болезни товарищи его избегают или спрашивают все одно и то же о здоровье. "Если их контузить, — думал он, — что останется"? И он пробирался через золотое пенсне за их внимательные трезвые глаза и накладывал руку на тот кусочек мозга, который у него так мучительно ныл. "Если прекратить ловкие комбинации мысли, создающие иллюзию сложной деятельности, что останется, что?"

Жадно ловил генерал все слова, пропускал их сквозь свое необычайно чувствительное, словно вдруг обнажившееся, сердце. Ждал — не задержится ли что: хоть бы слово, хоть звук, но ничего не задерживалось. Все, что люди говорили кругом, было важно только для таких, как они, не скатившихся с рельс...

Приезд домой... жена Аглая Петровна, с ее жестко очерченным ртом набеленного лица.

— Какая у вас досадная контузия! И раны нет, а отставка.

Генерал тоскливо метнулся и, взяв, кусочек купороса бросил его в другой, рядом стоящий сосуд. Вода стала такая синяя и сразу как будто похолодела. Голубая вода, голубой жесткий цвет. Что это было? Да, у Аглаи Петровны вечер "чистой духовности", поэты и музыка.

И в голове генерала болезненно застучал голос жены, такой резкий, нестерпимо-фальшивый, желая быть нежным.

— Enfin, — говорила она, — и у нас как в Париже: литература в салонах! Довольно этих всяких "идей" и "надрывов"! C'Итаit bon для курсисток, прежние, а теперь "они" почти наши. Quelques uns sont мЙme tout Ю fait bien, всегда чистые ногти, и хотя по-прежнему — origine obscure, но говорят так изысканно, даже почти не по-русски! Их стали везде принимать...

Генерал подбросил еще купоросу и, желая отделаться от голоса Аглаи Петровны, достал с полки большую темную крышку и стал прицеплять ее к проводу. Вода стала еще жестче, еще холоднее.

— Совсем такого цвета была на ней туника, когда она, ругая кухарку, разбрасывала по столу чашечки лилий и за длинные стебли прикрепляла их проволокой к высоким лампам.

— Изнасилованные причастницы... недурно! — сказал про них один из поэтов и, раскачавшись на тонких ногах, стал нараспев говорить о том, как из белого газа растут белые розы, а из черного бархата — анютины глазки.

— A propos, — прервала его Аглая Петровна, — я вас завтра

10

беру с собою в Гостиный. Vous me donnez des idИes вашими стихами, я из ваших сонетов буду шить себе платья!

Она кокетливо улыбнулась поэту и, забыв, что он еще не кончил, стала усаживать за рояль музыканта.

— Мы сейчас услышим картины примитивов, не правда ли? Je la trouve charmante, votre idИe! И подумать, что еще так недавно живопись только смотрели!

Музыкант, почти задушенный высоким, белым воротником, стал брать жидкие аккорды, а генерал, обведя взором молодых людей, узкоплечих, словно высосанных великаном и снова выпущенных на волю, подумал, что, верно, все они родились недоношенными. Он вышел из гостиной и, тяжело дыша, опустился на кровать в своей спальне.

Аглая Петровна выпорхнула за ним следом и, близко нагнувшись, так и впилась в обрюзгшее измученное лицо.

— Если вы все-таки считаетесь хозяином дома, то будьте на высоте...

— Аглаюшка, — непривычно назвал жену генерал, — Аглаюшка, мне все равно, о чем они там поют... а только если и этих контузить: где они? Или ты, или я, где все мы, Аглаюшка?

И генерал заплакал.

— Вам пора в санаторию, — оскорбилась Аглая Петровна и созвала консилиум.

Потом генералу давали подписывать какие-то доверенности разным лицам, еще водили к доктору, и, наконец, свезли в деревню, где Аглая Петровна решила оставить его до осени под надзором немки Вильгельмины. А там видно будет...

В деревне, по тону жены, теперь неизменно снисходительному, как это принято с неизлечимо больным, генерал понял, что на старые, накатанные рельсы ему уже не взобраться.

Когда первые желтенькие цветы прорезали прошлогодние листья и за новым медом вылетели отяжелевшие за зиму пчелы, Никиту Ивановича потянуло в лес, далеко, куда глаза глядят.

— Сменить бы генеральский сюртук на белый суконный армяк, как здесь носят, и нет генерала... быть может, найдется новый человек.

Генерал как-то пробрался в дальнюю рощу, но, утомившись вытягивать ноги из вязкой необсохшей земли, весь грязный вернулся обратно.

— Прошу вас, пока я здесь, ходите по доскам, — сухо сказала Аглая Петровна. — Утратить без остатка прежнюю молодцеватость, esprit du corps, не понимаю, — презрительно двинула она плечами.

В тот же день от дома к забору по неокрепшей еще дорожке проложили доски, и Никита Иванович, кроме занятий гальванопластикой, целые часы проводил теперь в том, что ходил взад и вперед. И все время тускло и с болью вертелись мысли на одном и том же: "Нет меня, начальника штаба, и нет меня вовсе".

— Папочка, отвори, — постучала в окно ванной Люлюка, — к тебе брат молочный.

Генерал обрадовался, он любил девочку. Ласково, улыбнувшись промелькнувшему красному банту, встал и повернул в двери ключ.

— Здравствуй, — сказал входя Степа, — мы одной с тобой матки вскормленники, — и, подумав, прибавил: — Ваше превосходительство!

— Вот он и мне так: чего ворон пугаешь, а потом — ваше превосходительство, — засмеялась Люлюка, худая черноглазая девочка.

— Где это ты? — показал генерал на ободранное колено.

— Я, папочка, на свою березу к воронам полезла, да тихо так притаилась, что дятел надо мной долбить носом стал. А Степа этот как зашуршит внизу, я думала: Вильгельмина, и еще выше, в самое небо собралась... да на сук, хорошо — он подхватил.

— А я мотрю, — засмеялся Степа, — коленки голые, а сама девчонка обутая, — должно енаральская... а вода-то, вода, — ровно небо в ней, — ткнул он пальцем в аквариум, — синька у тебя што ль заморская?

— Что, братец, а я-то за делом! — спохватился вдруг Степа и, припоминая, какое лицо было у старика Тимофея, когда он наставлял насчет земского, отошел к стене.

— Кланяемся тебе, вашего батюшки пребывшие мужички... ти не можно тебе сменить земского, он, значит, родню свою ди-кан-датом. Ну, словом, ти не сподручно тебе его в шею.

— Мне-то, — усмехнулся генерал, — мне, брат, себя самого сменить надо, да не на что.

— Ишь ты, — пожалел Степа, — весь, значит, вышел. То-то сумный... — Степа тронул генерала за плечо. — А на дворе радошно таково. Бык, слышь, гудет, в волочебнички собираемся...

— Весь вышел!.. Это ты хорошо выдумал, — улыбнулся генерал и с интересом взглянув на Степу, — у тебя что ж: баба, ребята.

— Не, куды мне... я так себе человек, дурак я, а летом пастух.

— У вас, значит, можно: так себе человек... — начал генерал.

Но Люлюка, чутко взглянув на отца, вдруг прервала его, резко и торопливо выкрикивая слова:

— Папочка, ты знаешь, что такое волочебнички?

— Это монастырь у них тут верстах в десяти. Они идут туда перед Пасхой, "волочатся", друг за дружку держатся, обет такой дают — ослепнуть, пока христосные песни поют. Степа говорит: "очень радошно".

— "А и как радошно", — покачал головой Степа, — идешь, за дите малое держишься, и сам-то ровно дите. Душа — изба пустая, а в ней звоны... все как есть колокола гудут... Если Пасха ранняя, ледок кое-где под лаптем хрустит, а земля уж духовита... распарилась, дышит... И скажу тебе: птица кажная скрозь тебя пролетает, словно на веточке на сердце малость присядет и дале... а то ручеек вольется, прожурчит для тебя и дале... и все, по чему идешь, все это скрозь тебя. А солнышко этта... солнышко, только греет снаружи, а уж светит внутри! И так это, скажу тебе, обвыкнешь, Христа ради темнеть, что, право слово, на Фомину-то, ашь глаза размокнуть жалко.

— Как, как ты сказал? — приподнялся генерал, и глаза его, грустные, покорившиеся глаза всеми брошенного животного, засветились робкой надеждой. — Птица на сердце, словно на веточке, посидит и дальше, и все, по чему ни идешь, все скрозь тебя... Ты во всем, а оно в тебе...

Вялые морщины прорезали жирный лоб, силился бедный мозг осознать что-то новое, но, не встретив привычного, замер, и сердце, изголодавшееся, вдруг дрогнуло, открылось, приняло первые дошедшие до него звуки.

А Степа, зажмурив глаза, вытянув руки, раскачивался, показывал Люлюке, как идти в "волочебничках":

Волочебнички мы, волочилися,

Христа ради мы, истомилися...

— Люлюка, девочка... — сказал Никита Иванович и обнял дочь, — лазай на деревья, бегай в лес, а потом уйди, непременно уйди, когда вырастешь. Ничего не бойся, чем они пугать тебя станут... одно, дочка, страшно, одно: если контузят — и нет тебя...

— Папочка, милый, я убегу, и ты тоже, и Степа... пойдем волочебничками, а там и дальше. Право, папа, здесь так ску-у-шно.

13

У Люлюки задрожали губы.

— А что ж, — сказал Степа, — уж и можно: должно с утра подсохло. Дойдем до деревни, возьмем Левку, наших, да и айда в монастырь.

— Пойдем, папочка, — просила Люлюка, — я пойду впереди, поведу, Степа возьмется за бант, а ты, папочка, за Степу... оба отемнейте непременно. Ну, попробуем, ну, хоть до лесу...

— Попробуем, попробуем, — повторил генерал, увлекаемый Люлюкой.

— На старые рельсы все равно уже не встать... А тут "птица на сердце... ручеек прожурчит... да и не холодно, солнце внутре".

Он засмеялся и, увидав в передней свои кожаные калоши с французскими буквами, по привычке всунул в них ноги и надвинул на лоб фуражку.

V

На террасе, еще не затканной молодым виноградом, вдали от генеральши, чинно стояли мужики: старик Тимофей, Левка и Анфиса в новой черной кофте с пятком яиц для поклона вскормленнику. Всем троим лестно было, что Степа не только принят, но "докладает" так долго, как путевый.

— И ты говоришь, он у тебя слабоумный, от рождения... — рассеянно, не поворачивая головы на Анфису, спрашивала генеральша.

— А с того и пошло, что маком его опоили, как я к барину вашему в мамки становилась... братья ведь они молошные...

— Сказала баба! — презрительно оборвал Левка. — "Братья", — один генерал, а другой дурак.

— А все не чужие, молошные... — настаивала Анфиса.

— Ich gratuliere gnädige Frau mit neuer Verwandtschaft! — обнажила Вильгельмина большие желтые зубы.

Генеральша, прикрытая белым мехом, не выпуская из рук французского романа, еще раз пересчитывала, все ли уложено к предстоящему отъезду.

— Боюсь, фрейлен, вы вытянули легкие юбки, вы их, словно нижние... вдоль по шву...

— Везде, где я делала сундуки, мною были довольны, —

14

поджала губы Вильгельмина и, колыхая, как белый какаду хохолком, своим кружевным бантом на подтянутых висках, пошла разыскивать Люлюку.

— Фрейлен, einen Augenblick, как бы не забыть, — остановила генеральша, — пожалуйста заготовьте, как и в прошлом году, побольше брусничной пастилы. После разговоров о мистике, с лесами и пустынниками, это так кстати... а груши бессемянки нарезать претонко ломтиками и подавать в индийских подставках да побольше джинжеру, чтобы и не разобрать...

Аглая Петровна еще хотела что-то сказать, но, взглянув поверх терпеливо усевшихся на ступеньке мужиков, в сад, осеклась, сбросила белый мех, рванулась вперед, обомлела...

— Um Gottes Willen! — вскрикнула Вильгельмина, растопырив большие красные руки.

По направлению к балкону, минуя доски, увязая в черной земле, неслась трепаная Люлюка. Дерзко горя черными, раскрытыми глазами, свернув на сторону шею, как пристяжная, выбрасывала она смуглые ноги, взвихривая прошлогодние сухие листья и что было духу пела: "Христос Воскрес, сын Божий".

За ней, держась обеими руками за огромный, пунцовый бант, чуть поспевая, спотыкался, зажмурив глаза, Степа и выводил дребезжа: "волочебнички мы, волочилися"...

Сзади генерал, без пальто, в распахнувшейся, огнем полыхавшей тужурке и шапке, от непривычных прыжков съехавшей на затылок, словно чем-то обрадованный повторял: "Христа ради мы... истомилися".

Застрельщик

— Тетя Софи, почему говорят про вас: Софья Ивановна, про папу — Иван Иванович, а про деву Марию просто дева Мария; как ее дальше?

— Дальше чего, мой друг?

И, перестав считать иголкой узор, тетя Софи опустила вышиванье и мельком взглянула на пол, где Жоржик, лежа на животе, красил "Поклонение волхвов".

— Ах, милый друг, после радости всегда столько страданий! Бегство в Египет, проповедь, крестные муки: "и меч пронзил сердце ее"...

— Я вас не про урок... — оборвал Жоржик, — я про то, как она дальше? Вы — Софья Ивановна, папа — Иван Иваныч...

— Акимовна она, Жоржинька, Марья Акимовна, ведь тебе ее как по батюшке? — высунулась из соседней комнаты няня.

— Ну, вот, вот! — обрадовался Жоржик и, слизнув с головы святого Иосифа лишнюю краску, с укоризной заметил: — Отчего это няня всегда угадает, а вы не умеете?!

— Довольно пустяков, мой милый, — сухо сказала тетя Софи, — убери "Ниву" и садись хорошенько за стол, мне надо тебе кое-что сказать.

Жоржик сгустил кляксу ослу на хвосте, бережно положил книгу на окно, потом сел против тети Софи на табуретку и уставился в хорошо известную ему бородавку между бровей.

"И стричь не поспевает, ишь волосы лезут, будто ивняк! А глаз — пруд: мутноватый, зеленый, бабы только что в нем белье полоскали"...

— Завтра тебе девять лет, милый друг, — будто по книжке говорила тетя Софи, — и как всегда, ты получишь подарки. Вот я тебе и предлагаю: отдай старые игрушки бедным маленьким детям! Ты их, верно, нередко встречаешь: оборванные, без сапог...

— Так я им лучше все пополам, — сказал быстро Жоржик. — Сапоги, даже желтые, если хотят, а штанов сколько угодно!

— Совсем это, мой милый, не то, — поморщилась тетя Софи, — и не выскакивай с своим мнением! Я сама повезу

16

игрушки в приют, Марья Тимофеевна уже собирает для елки. Отбери какие получше и заверни мне в бумагу.

— Старые игрушки невозможно отдать, — взволнованно сказал Жоржик. — Мы с Петькой вчера животы всем перебили, верблюды нагружены для пустыни, а у пастушки только что родилось.

— Опять Петька из кухни ходит? Разве я не сказала, чтобы он только после обедни, когда в чистом белье?

— Как вы все говорите нарочно, — презрительно усмехнулся Жоржик. — Если нам в понедельник играть захочется, так на неделю откладывай? Или вот вчера слон хобот в лианах запутал, пополам рассадил, разве такую операцию без ассистента возможно как следует сделать?!

— Ты, милый друг, дерзок и не по годам глупый мальчишка. Без разговоров отбирай игрушки!

Тетя Софи юрко засеменила к дверям, распирая острыми локтями свою серую пелеринку.

— Кукиш тебе, да без масла! — проворчал Жоржик и, схватив картонку с игрушками, помчался к кухаркину сыну.

— Петька, неси живей на чердак, паучиха отнять хочет, да смотри, чтобы все налицо оказалось: шестеро диких, пустыня, паровоз и восемь животных.

— Очень мне нужно! — огрызнулся Петька и, косясь на мать, занятую с дворником, многозначительно зашептал: — В воде ноньче тепло, идем в раки! И попович приехал!

— Стяни только говядины, — посоветовал Жоржик, — ворону когда теперь раздобыть?!

— Georges, où êtes, Georges? — завизжала на весь дом тетя Софи.

Петька свистнул и дернул с игрушками на чердак, а Жоржик, услыхав на парадном беспокойный звонок, притаился за дверью — подсмотреть, кто пришел.

— Жорж, если ты мне сейчас не ответишь... — уже совсем близко ударил в ухо сердитый голос и, вдруг сделав паузу, отчетливо произнес с каким-то особенным ядом, растягивая слова:

— А, это ты, Сергей! Потрудись, милый друг, в кабинет, мы с братом давно ждем тебя.

Сережа Извольский, племянник отца, дышал так тяжело, как бывало, когда, играя в железную дорогу, несся впереди паровозом. Глянув в полуоткрытую дверь, он не схватил Жоржика за уши, чтобы показать ему Москву, даже не улыбнулся, а, по привычке придерживая шашку, быстро прошел через зал. Приняв необычные признаки во внимание,

17

Жоржик кинулся к кабинету и, скрыв туловище под диваном, далеко выставил ухо.

Не все было слышно. Сережа часто сморкался и если бы не был военный, можно было предположить, что он плачет. Тетя Софи злобно кряхтела, а отец строгим голосом говорил непонятное.

— Одним словом, я больше при казни невинных присутствовать не могу... это противно моей совести!.. — громко вскрикнул Сережа. — И ведь не денег прошу, а занятий, хотя на первое время; потом сам найду...

— Исполнение своего долга — есть подчинение закону, и оно не может противоречить ничьей совести. Притом, с точки зрения государства... — прервал Сережу отец, и Жоржику было так удивительно, что он стал читать вслух свою газету после того, что у Сережи, словно от большого горя, дрогнул и сорвался голос.

Желая проверить глазами происходящее в кабинете, Жоржик приподнялся, чтобы наставиться в дырку, но Сережа так неожиданно распахнул дверь, что он едва поспел юркнуть обратно под свой диван.

— А я говорю вам: совесть больше всяких законов! Ваши приговоры — одно надругательство, а сами вы — камни. Да, не люди, а камни!..

И, не простившись, Сережа бросился вон, едва поспев накинуть на плечи пальто.

Жоржик собрался было за ним следом, но большие двойные подошвы тяжело переступили порог и, напирая всем грузным туловищем на шаги, отец стал ходить вдоль по залу, а вокруг него, как проворные мыши, засуетились прюнелевые башмаки тети Софи.

— Пусть, пусть, голубчик, попробует без двадцатого-то числа! Не то что о-де-колоны с перчатками, в баню сходить будет не на что! "Мне, дядюшка, совесть не разрешает присутствовать при казни невинных!" Скажите, какой неожиданный рыцарь нашелся!

— Для нас, видите ли, закон был, — остановились широко расставленные тупые носки, — а у них вместо закона какая-то "своя" совесть...

— Очень удобно! Иному слюняю и курицы зарезать жалко, а другой экспроприации организует, — и оба они по "своей" совести.

— А всего удобней, mon cher, им без всякого риску от нас, от "бессовестных", денежки получать! — подскочила тетя Софи.

— А ведь в конце концов ты ему дашь, Иван Иваныч, уж не

утерпишь, если оборванцем на улице встретишь! Из военной-то службы куда ему? Разве к работе годен?

— Нет, как они только одного не поймут, — разволновался теперь и отец, — их точка зрения — отрицание государства, отрицание культуры, их точка зрения — Диоген в бочке!

И сотрясая пол, Иван Иванович затопал обратно в свой кабинет.

— А все-таки, если деньги ты ему дашь, значит сочувствуешь! — замелькали быстро-быстро, словно черными языками задразнились, из-под серого подола прюнелевые башмаки.

— Паучиха проклятая, ведьма... — под диваном злился Жоржик, представляя уже себе, как Сережа Извольский, не найдя места, весь обросший волосами, голодный, ходит по улицам и все повторяет: — Что делать? Разве мог я присутствовать при казни невинных!..

Невинные! — это значит перед ним стоял человек с таким лицом, как было вчера у Авдотьи, когда тетя Софи ей кричала: признавайся, ведь это ты стащила чайную ложку.

— Я невиновная, — сказала Авдотья, — за что обижаете? — и, вся белая, она затрясла губой, а животу стало так холодно, холодно... еще немного и сам бы заплакал.

И вдруг сказали бы: Жоржик, повесь Авдотью! Ну, конечно, нельзя.

Так и Сережа: разве ему возможно смотреть, если повешенный человек скажет: "Я невиновный".

Нет, повешенный человек ничего не может сказать, — прервал себя Жоржик, вспомнив разговоры дворника. Он с головы до ног весь закутан белым, как на зиму от моли зашитая шуба, только качается.

Ну, все равно, еще жальче, если не говорит, а только качается.

Конечно, Сережа должен уйти!

А все-таки, если снимет форму, непременно начнет спать в ночлежке. Дворник много раз там был: все, говорит, из военных, поручики.

Был бы Сережа уже капитаном — другое дело.

Капитаны счастливые!

Вот на афише недавно стояло: "человек с каменной головой — капитан Дюбароль". Весь в орденах, глотает иголки и пьет керосин. А другой капитан, — из Бразилии, тоже со звездами, тот показывал девицу Розу до талии. Она живет на столе, потому что у нее совсем ног не выросло.

А все-таки, если без денег, плохо Сереже; что он купит без денег?!

У, дрянь она, паучиха проклятая, жаба с бородавками, — вот ее взяли бы да и приговорили повесить!

И от бессильного гнева больше не в силах был лежать под диваном. Жоржик на четвереньках пробрался до коридора и опрометью кинулся к няне.

Няня прыскала белье и ездила горячим утюгом по шипящей дорожке.

Жоржик очень любил смотреть, как из жеванного белье становится гладким и от него пахнет праздником, но теперь и не глянул.

— Няня, а кто же приказывает людей казнить?

— А которые, Жоржинька, за порядком смотрят, чтобы не безобразничали, чтобы на свой голос не кричали... — с удовольствием нажимала няня привычной рукой на мелкие накрахмаленные складки, и они, как сахар, сверкающие, ложились одна на другую, словно и не их только что в мыльной воде терзала прачка.

— Няня, а которые за порядком, те уже наверное всю правду знают?

— Ишь что выдумал! — няня с неудовольствием приподняла утюг. — Всю правду одни только старцы ведали да с собой и унесли. Да ты не егози под руку, смотри, пузыря достанешь.

— Ну, ну, — заторопился Жоржик и, вздернув рыжие брови, открыл рот, чтобы лучше поймать слова. — Ты, няня, о них опять с самого начала!

— Вот были, Жоржинька, старцы такие, давно, еще при старых книгах. Они, как христопродавство пошло, книги-то взяли да в горы... а в книгах вся, как есть, правда прописана и была, только знай, листы разворачивай!

— А что же за старцами войско не шлют? — не утерпел Жоржик.

— Что, батюшка, войско?! Слово на них сказать надо... Вот если какой человек по правде так крепко стоскуется, что выкликать старцев начнет, покуда живота не решится — такой и выкликнет!

— А ежели покличешь, покличешь — да и присядешь, они и ухом не поведут. Потому, сидят старцы в агромадной пещере под самым тем древом, где Святая Тройца во всем своем естестве один раз посидела.

— Мамврийский дуб, это я знаю... — серьезно сказал

Жоржик, — только он, няня, совсем не в пещере, а на дворе Авраамова дома.

— Вот же, вот, Жоржинька, и монашок этак сказывал. Только, говорит, пещеркой его ноне прикрыли, такой народ пошел, неровен час, и срубят, и кружка при нем для усердных. А от желудков этого дуба, женщина, которая неплодная, на себе носить станет, беспременно рожать пойдет...

— Няня, а я могу старцев выкликнуть?

— Мал еще, Жоржинька, разве в силу войдешь.

— А если их выкликнуть, все как есть злые к черту провалятся?!

— А тогда известно: тогда Новый Ерусалим вступит, реки молоком пойдут, а в городах уже не заставы, а двенадцать ворот золотых, а все с земьчугом!..

— Georges, où êtes-vous? — залилась опять тетя Софи.

Жоржик вдруг вспомнил разговор об игрушках и, помчавшись в конец коридора, щелкнул дверью в темную комнатку и что есть силы принялся дергать висящую белую ручку.

— Qu'est-ce que tu as de rester si longtemps? Заболел, что ли? Да перестань дергать, машину испортишь!

Жоржик выскочил красный, с веселыми чертиками в лукаво подхваченных калмыцких глазах.

— Где игрушки? Я и так опоздала...

Тетя Софи сверх обычной своей пелерины накинула другую, теплую, но покороче, и спрятав под нее руки в черных перчатках — бросала на белую стену тень китайской постройки.

— Игрушки все — фью, — свистнул Жоржик, — ищи ветра в поле! Я их спустил.

— Но это чрезвычайно! — всплеснула тетя Софи своими руками негра. — Что я скажу Марье Тимофеевне?! Да это просто не детская дерзость, мой милый! Как ты только посмел?!

— Как же отдать, когда я их люблю? — сказал Жоржик. — А детям, — я уже говорил, — возьмите штаны, возьмите матроску, даже завтрашние игрушки можно, пока я их не узнал.

— А ты отдавай не то, что хочется, а то, что любишь, если ты христианин! "Положи душу свою за други свои"... слыхал? А тебе негодных вещей жалко. По какому же это ты, милый, закону живешь?

— Ни по какому! — вспыхнул Жоржик. — Я, как Сережа, хочу только по совести... а про законы мне совсем все равно.

— А гореть, не все равно? — тетя Софи подпрыгнула прямо

в лицо, и бородавка ее, такая злая, вдруг ощетинилась, сама захотела колоться.

— В огонь вечный попасть захотел, "иже уготован аггелам его"? Там, милый, не шутят: там, что сегодня, что завтра, уже навсегда...

— Врете вы все! — закричал не своим голосом Жоржик. — Про Марью Акимовну не знали, и про другое наверно не так говорите! Хотите, чтобы Сережа в бане не мылся, во всем подучаете папу. Вот как выкликну старцев, вы прежде всех в ад и провалитесь!..

— Если уж так чрезвычайно, если уж так... — захлебнулась тетя Софи и, подобрав нижние юбки, как от сильной грязи, до вязаных белых чулок, побежала к Ивану Ивановичу в кабинет.

— Петька, — кинулся Жоржик в кухню, — живо, дерем за мельницу!

— Здорово! — обрадовался Петька, но тут же вдруг испуганно дернул носом, упустил на пол картошку, которую чистил, и в минуту голыми пятками промелькнул вниз по лестнице.

А Жоржика сильная рука схватила за шиворот и, безмолвно протащив весь коридор, вдвинула в темный чулан. Ключ отчетливо повернулся, и жестяной голос отца проговорил: "Отсидишь до вечера, тогда поговорим".

II

Придя в себя, Жоржик завизжал и стал бешено колотить в дверь, но отец прикрикнул: если не перестанешь, оставлю на ночь.

Отец такой серьезный, как его письменный стол: если наказывал, никогда не прощал. Молча запрет, молча и выпустит, когда назначил. Да обыкновенно в чулане совсем и не скучно. В жестянке, чтоб не стащили мыши, припасены огарки, а в кармане среди кусков сахару, уже всегда неразлучны спички, ножичек и карандаш. Только присмотреть ящик от макарон, который поглаже, нарисовать морду лошади, да и построгивать, пока срок не выйдет.

Но сегодня день такой славный, хоть и осень, а в воду влезть хорошо. И рак непременно пойдет на лучину... Вон Петька уже и полено щепит, — услыхал он срывающиеся удары топора на кухне и, вставив два пальца в рот, тихонько свистнул.

— Жоржик-Ершик, надолго зацапали? — немедленно зашептал в скважину Петька.

— До самого вечера, а там вдвоем с ведьмой будут кишки тянуть...

И, нарисовав огромную волосатую бородавку, Жоржик всадил в нее ножик.

— Я уже мясо украл, ребята сачки заправляют, а мы с тобой в воду, лучинщиками...

— Эх, ключ у него, — вздохнул Жоржик.

— А окошко? — оно ведь без рамы, ящиков нагороди, я веревку тебе перекину, а там — мне на плечи.

Петька помчался за веревкой на привычный чердак, а Жоржик, чтобы скоротать время, заметался по чулану. Два шага вперед, два назад.

— Скажи мне, ветка Палестины, где ты росла? Где ты цвела?.. — нараспев начал он, но сейчас же бросил. — Глупые стихи: спрашивает, спрашивает, а все без последствия, — разве дерево говорит?

В большую отдушину чулана влетела привязанная к крепкой бечевке большая картошка, и вкусно чавкнула, ударившись об стену.

— Молодец Петька! — восторженно шепнул Жоржик и кинулся громоздить ящики, но из них с таким треском посыпалась всякая рухлядь, что из кабинета последовал новый окрик: Еще раз, и ты ночуешь!

— Обожди, Ершик! Он скоро гулять пойдет, — обнадеживал Петька.

Чтобы не терять попусту силы, Жоржик лег на спину и потушил огарки. Он очень любил так лежать в темноте. Глаза как будто переходили вовнутрь затылка и уже оттуда смотрели, как в голове двигаются люди, вырастают какие-то большие красивые цветы или вдруг как на дне морском ворошатся чудовища. Кого хотел, того и пускал к себе в голову; а глаза все видели и еще лучше, чем днем.

Но сегодня он не хотел смотреть. Он из всей силы думал: как бы достать Сереже место, чтобы он не стал пить водку, как поручики из ночлежки?

Если б не паучиха, отец дал бы Сереже денег. Отец добрый, только он не любит ни о чем думать, кроме своей службы. Вот люди, которые за порядком смотрят, — взяли бы они паучиху да и повесили! Но пока правильных книг нет, разве кто что-нибудь по-настоящему знает?! А если никто, — значит и я: захотел и повесил, — вдруг решил Жоржик, и вслух, сидя на полу, уже с открытыми глазами, стал пояснять себе дальше.

23

— С теми людьми, что невиновного вешают, ничего не случается страшного, тем больше со мной, если я ее, виноватую?!

Всем жить не дает: ябедничает, сахар, даже за чаем, считает; все, что любишь, отымает, Петьку живого ест... Вот еще.

— Петька! — забывшись, громко выкрикнул Жоржик. — Паучиху нам необходимо повесить, слышишь?

— Что же, ее можно повесить, — без всякого удивления, немедленно согласился Петька. — Твой уже матери двугривенный на булки дал, сейчас уходит. А тетку мы тут из чулана и вздернем! Она все в сундуках со свечей шарит. Скажем, будто сама удавилась, со злости.

— Нет, Петька, ты только подумай: мне в разбойники теперь невозможно, потому что разбойник — он душегуб, а мне старцев непременно выкликнуть надо. К тому же, как только они придут, я ихние книги сейчас разверну и про нее правду узнаю: сколько ей еще доживать на земле оставалось. Мы на тот срок ее снова из ада и выпустим!

— Тогда можно и выпустить, — опять подтвердил Петька, тоже наслышанный в кухне о старцах, — потому тогда Новый Ерусалим вступит, а при нем всякий злой человек уже без опасности!

— Так что же откладывать, — сказал Жоржик, — давай пробовать.

— Да чего пробовать, — сказал Петька, — разве она тяжелее воблы? От ехидства, гляди, давно вся усохла, вдвоем ужо справимся, а сейчас дерем, Ерш, за плотину, — твой не очень-то прохлаждаться любит.

Жоржик зацепил веревку за торчащий в стене костыль, немного застрял в отдушине и, весь испачканный мелом, спустил ноги Петьке на плечи. Потом легко спрыгнул на пол и, торопливо вытащив из кармана огрызок красного карандаша, стал что-то писать на стене.

— Без приговора вешать не полагается, — деловито сказал он, — а приговор — одно надругательство, уже Сережа наверное знает.

И на стене коридора, против веревочной петли, Жоржик крупными буквами вывел:

— Паучихе проклятой, "пипе суринамской", жабе с бородавкою объявляем мы смертную казнь!

Потом, из всей силы раскачав петлю, Жоржик кубарем впереди Петьки скатился по черной лестнице, на минуту задержался у открытого погреба, напихал себе полную пазуху

24

сырой картошкой и, уже не оглядываясь, помчался по прямой линии через огороды предместья к глубокой, но быстрой реке.

III

— Жоржик-Ершик, — ей-Богу, он! — обрадовались черноглазые мальчуганы с такими животами, как будто они только что проглотили по арбузу, — а Петька сказывал, ты на цепи!

— Сорвался! — сиял Жоржик. — А где же попович?

— Попович зазнался, — обиженно сказал старший, — мелочь вы, говорит, дураки, а я — второклассник...

— Ну его к черту, обойдемся! — прервал Жоржик и, быстро разувшись, влез в воду. Он не боялся больших черных раков, и, держа в одной руке пук горящей лучины, шарил другой по глубоким норам. Обыкновенно глупый рак объявлялся скоро, разворачивал свою двупалую клешню и так крепко вцеплялся, что, только подпекая хвост, можно было высвободить руку. Если из пальцев при этом шла кровь, мальчики хвалили Жоржину храбрость, а он от гордости готов был целиком скормить себя ракам. Но сегодня, хотя вечер был теплый, осенний холод реки уже нагонял на своих жильцов предзимнюю дрему, и рак, забившись с своей рачихой в глубь темной норы, уже не шел, с любопытством тараща глаза, на лучину, а упорно выставлял одну скользкую поджатую шейку.

— Под хвост не подкопаешься, рука онемеет, я уже бросил... — крикнул с берега Петька, — иди, Ершик, картошку печь! Может, который на мясо пойдет!

Озябший Жоржик с удовольствием растянулся у костра и стал внимательно наблюдать натянутые бечевки глубоко спущенных в воду круглых сачков.

Черноглазые мальчики и Петька носили хворост, изредка перекликаясь. Жизнь в городе, загнанная по домам, разделенная на часы, здесь, за заставой, разливалась почти с деревенским привольем. Шумело колесо водяной мельницы и какие-то оголтелые ребятишки, крутясь в желтой пене, выбивали фонтаны. Успокоенно хрюкали свиньи, и беззаботные гуси, подходя совсем близко, щипали траву.

Осень надвигалась добрая, с материнской лаской, без ветра снимала с деревьев совсем желтый лист и тихой рукой, не крутя

25

его в воздухе сусальным золотом, словно в вату опускала на мягкую, коврами покрытую землю. Небо было все синее, без облачка, такое чистое, как будто там только и делали, что мыли полы и, как к празднику, протирали стекла.

— Отчего день бывает, отчего ночь? — спросил задумчиво один из черноглазых, — поворачивая на палке сало.

— День Бог сделал, — не задумавшись, ответил Жоржик, — а ночь лучше всего мне нравится так, как я сам выдумал: она в трубах фабричных разводится. Ишь как пыхтят, небо пакостят! Это они все ночные часы выпускают. А когда солнце, совсем от них ослабевши, на корточки за конец земли присядет, черные часы все гуртом соберутся за небом, прорвутся сквозь синее и навалятся ночью на город. К утру уж они свою сажу за другой конец земли всю стрясут, а солнце, отдохнувши, снова во весь рост на небе встанет, только туловище его за голубым, — нам одна голова, пока что, виднеется.

— Ненавижу ночь; вырасту, на все как есть трубы печать наложу! — кончил Жоржик.

— А как же ворам быть, если без ночи? — раздумывал Петька.

— Вот попович... он совсем по-другому про это рассказывал, — он как в книжке! — сказал самый маленький шустрый мальчик.

— Он говорит: земля словно большущий мячик, а солнце у его бегает сзаду и спереду. Мы живем спереду, солнышко видим днем; арапы, те живут сзаду, и оно для них ночью.

— Ну и так говорят, что же с того? — покраснел Жоржик. — И то попович соврал, как всегда: не солнце, а земля бегает. А мне что за дело: пусть в книжке так, а я по-другому! Пока старцев нет, все равно наверное ничего и ровно никому неизвестно. Ну, а картошка сырая, еще не попеклась, — прокусил он закопченную кожу. — Дернем-ка, пока что, в тридесятое?..

— В тридесятое, в тридесятое!.. — подхватили все мальчики, и хотя их после этого дела дома неизменно пороли, все с удовольствием пробрались за Жоржиком на самый верх чисто выполотых, аккуратных огородов, с еще не снятой капустой.

Солнце уже чуть мигало из-за похолодевшей реки и все гуще разводило в воде свою дорогую красную краску. На песчаных обрывах, как рога огромного жука-оленя, совсем черными делались вывернутые корни деревьев. Ребята выстроились на горе, и Жоржик с загоревшимися глазами,

26

почему-то шепотом, словно заклинание, стал скоро-скоро говорить, перебегая от одного к другому:

— Солнце разбежалось по небу и в океан, а мы за ним... И будто под нами не ноги, а кони, понесут вихрем с одного конца земли до другого, через воду, через камни, через рвы... в тридесятое царство!

Мальчики заржали, и стали в нетерпении сапогом, как копытом, бить землю, рвались бежать, а он, предводитель, их не пускал. Он все сильнее распалял словом, и для каждого выискивал такое заветное, из того, что читал, что слышал, что видел во сне... словно из костра брал горящие угли и бросал их в жадные любопытные души.

В последний раз пыхнуло солнце и скувырнулось за дальний лес и за собой следом потянуло свою красную краску, а ночные часы принялись пробиваться сквозь небо пока еще светлым лиловым чернилом.

— Геть, жеребцы, в тридесятое! — по-разбойничьи гикнул Жоржик и, распустив руки, как крылья, первый стремглав ринулся вниз, по сине-зеленым упругим кочнам.

— Геть, геть! — подхватили мальчишки и, не отставая, понеслись за ним следом.

Свистел в уши ветер; сухо потрескивая отрубленной головой, скакала вдогонку капуста. Крепкие пятки разворачивали пышные гряды, и, уже бессильный остановиться, раскачав у самой реки обеими руками свое распаленное сердце, Жоржик словно его первое кинул в холодную воду, а за ним и все сильное, огнем разожженное тело...

* * *

— А, купальщики, вот они где, — выскочил из кустов огромный кучер Матвей Филимоныч, — и не раздемшись изволите! А папенька думает: вы утопли. Пожалуйте-с Ершик обратно.

И, обхватив Жоржика теплым пледом, Матвей Филимоныч в миг спеленал его, как грудного, и взял на руки.

От кучера так славно пахло конюшней, рыжая борода ласково щекотала горящие щеки, и голос был такой хороший, успокоительный бас, что Жоржик совсем не рассердился.

— Матвей Филимоныч, а ведь высекут? — почти весело осведомился он.

— Беспременно, Ершинька, — широко раздвинулись

волосатые щеки, — сами небось понимаете: раз, за тетенькино посрамление, два, за свое промочение. Папенька сами уж и прут обломали, на тот случай, конечно, ежели вы не утопли.

— Милый Матвей Филимоныч, пожалуйста, неси меня как можно подольше. А там, пусть себе порют, я когда-нибудь все равно совсем проскочу в тридесятое!

И Жоржик спокойно заснул на больших уютных руках.

28

За жар-птицей

I

Степоша, крестница старой барыни, была девушка тихая, работящая, но так собою дурна, что родной дядя, повар Мокеич, окрестил ее "мордоворот".

Рябая, с приплюснутым носом, будто в детстве у нее кто на лице посидел, и ходила-то она не как люди: тяжелой уткой, с ноги на ногу переваливаясь, хромотой половицы продавливала.

И вот как дурна, а от женихов и отбою не видно.

Секрет в том, что великая была она мастерица на вышивки. Какой ей барышня вавилонистый узор из столицы ни вышлет, она все до последнего вавилона, на холсте ли, сукне, или цветном бархате, безо всякой оплошности выведет.

Барышня будто за свое на столичных базарах торгует. Чистой прибыли себе больше, Степаниде поменьше, все каждый раз переводным листом отправляет. А для деревни и очень даже довольно.

Барышне в столице почет: рукодельница, — хвалят старые дамы, — то-то из нее жена мужу выйдет!

А Степоша знай себе деньги — в копилку. Как до радужной доведет — сейчас с оказией в город. И на книжку запишет.

Вот набралась таким манером без малого тысяча, а деревенские бабы язычным чеканом живо к ней и вторую, и третью добавили, и пошли сыновей на невесту подзуживать: "Эка невидаль, что рябая. С лица, чай, не воду пить, не удосужимся скорей тетку заслать, гляди какой шустряк перед носом все ее рублики очекрыжит. То-то, три тысячных"...

Доняли старые сыновей. И зашмыгали в вечернюю пору к Степошиной горнице проворные свахи. Всю-то красную горку мелькали разводы бабьих воскресных платков, а, гляди, своего дела не сделали.

Слушает льстивые речи Степоша, глаз от работы не отрывает, изнеженными от разноцветного шелка руками узор подбирает. Помнит, крепко-накрепко помнит дяденькин "мордоворот", отчетливо понимает, что у парней в глазах одни ее денежки прыгают.

— Неохота мне в кабалу, — ухмыляется, — сама себе голова.

Но при одном имени отстраняла пяльцы, задумывалась.

— Сохнет Иванушка Лапоток по тебе, девушка; уж такая-то мне, говорит, Степанида шелками утешная, рукодельница.

Иван Лапоток — так за бедность его обзывала деревня, — был парень высокий, с бровями разлетными, с кудрями, что у соборного дьякона, с задумчивым, ласковым видом.

К Степоше давно невзначай заходил и, сдавалось ей, без задней мысли, словно бы вовсе не ради нее. Уставится в разноцветный узор и молчит. Бог его знает, что ему в стежках переливчатых замерещится; если спросить — не расскажет. То о жар-птице рассказ в детстве слышанный, или сон какой радостный, или о царевне персидской.

Да, больше всего о царевне. Барчук от безделья как-то раз прочитал и картинку ему расписную показывал: сама тоненькая, вся в ожерельях. Сидит на ковре, поджав туфельки, а с подушек на нее огромнейший басурман бородищу наставил, раскрыл рот и не дышит — заслушался... Которую-то ночь она ему заговор заговаривает. Вот Степошины шелка разноцветные будто сказки царевны. Лежат развитые мотки пушистыми взметами: золотые, небесные, зори летние с белоснежными облаками, или листья багряные в предзимнем холодном лесу. Всех цветов шелковинки, — о чем подумаешь, то из них подобрать сейчас можно.

Осмелеет Иван, понадергает разных по памяти, как расписано было о персидской царевне, переложит одну на другую и ждет, когда солнышко мимоходом разожжет все цвета самоцветами. Постоит, повздыхает и молча прочь отойдет. И Степоша — ни слова, только вспыхнет вся вдруг, и цвет самый радостный ловкими пальцами подбирать скоро-наскоро хватится.

— Твое счастье, дурень, что неразбериха девками правит! — укорила Иванова мать. — И посвататься сам не умеешь, — пень пнем. Заслать, что ли, тетку?

— А мне что, засылайте! — равнодушно согласился Иван. — Как женюсь, она с собой пяльцы возьмет.

— У, дурень, дурень: на луну, ровно пес неприкаянный, смотрит, цветы в поле ищет... только в деньгах Степанидиных все счастье твое, ишь барчуком уродился!

Всего разок побывала свахой Иванова тетка, и уже как невеста ходить стала Степоша на свиданье к Ивану в ольховый яр.

У барышни она для этого случая щипцы завивальные тихонько брала, вокруг изрытого лба барашков накручивала, красной помадой по губам проводила.

А Иван ничего этого вовсе не видел. С малых лет жил он совсем особенно от своих деревенцев. Ни дела ихнего, ни забавы он не любил, сам не знал хорошенько, чего ему надобно. Больше всего в лесу волком сидел, смотрел, как на небе тучи таскаются, чем одна трава от другой разнится, и не для лекарственного какого настою, а так себе, безо всякой причины.

А Степанида, когда выходила в ольховый яр для свиданья, так особенно весело становилось, будто для нее одной, для рябой, хромоногой, с неба чарые звезды смотрели, а в жасминах впервые соловей песню щелкал.

Совсем темно, как в безлунную ночь, было в ольховом Яру под сплошною листвой, где Иван, зачарованный хмельным, теплым вечером встречал не Степаниду, убогую хромоножку, а принцессу персидскую, всю в заморских шелках. Подхватывал ее сильной рукой, шептал в ухо заветное слово.

Но случалось, когда поутру, при дневном белом свете посмотрят один на другого, Иван удивленно, как от совсем незнакомой, отвернет вдруг кудрявую голову, а Степоша, вся зардевшись, нахмурится и, проковыляв в свою чистую келейку, повернет в двери ключ.

Возьмет в руки зеркальце, поглядит на себя против света, постоит долго без дела, понурая, и вдруг будто радость забытую вспомнит: из железом обитого сундука вынет черную книжку сберегательной кассы, проследит пальцем цифры и тихонечко так, сама себе, засмеется.

— Ой, Степанида, обдурит тебя парень, да, гляди, с другой свяжется! — упреждал дядя, повар Мокеич.

И на это Степанида не фыркала, а как умная внимательно сторожилась, и когда для свадьбы покупки в городе делала, для чего-то у нотариуса побывала.

Повенчались. Степоша по-прежнему все свое время в мудреных вышивках проводила, а Иван, кое-какую домашнюю работу справив, у нее за стулом стоял, разноцветами, любовался.

— Эх, кабы мне да учиться, я бы все, что ты здесь иголкой разводишь, все, что в лесу на заре мне мерещится, все бы это я в песню сложил!

— А мне что, — неученый, ты мне люб кучерявый! — шептала Степоша.

Души она в Иване не чаяла, все, что заработает — ему на одежду. Сапоги, чтобы без скрипа, как одни господа носят, на тонкой подошве, поддевка сукна аглицкого. Только в руки ему — ни копейки.

31

До времени и Иван о деньгах ни гу-гу. Да и незачем: тут ему водка, тут ему и табак. Степоше радость самой за версту в монопольку сбегать: только выкушай!

И вдруг все как есть разлетелось, словно ветер на деревцо пышное налетел — одни голые сучья оставил. Без вихря никак не увидишь, если что не совсем крепко на месте. Так и в Ивановом доме.

II

На масляной, Бог весть куда и откуда, как птицы перелетные пестрые, понаехали за деревню цыгане. Вздернули кверху оглобли, поразвешали цветных лоскутов, запалили костры. Черные, косматые старухи железными вилками перемешивали хлебово в чугунах, а молодые, красивые, нездешние бабочки суетились вокруг огней, одуряли неповоротливых парней.

— Радость тебе, милый, нежданная, кралю свою повстречаешь... — хватали Ивана горячие, тонкие пальцы.

— Отстань, он женат! — огрызнулась недовольно Степанида, выряженная в городскую желтую баску с огромной серебряной брошью на шее.

— Эй, кукушка рябая, на аркане сокола не удержишь! — послала ей вдогонку цыганка.

Кругом захохотали, а Иван, нахмурясь, повернул было домой, но вдруг остановился, застыл ошарашенный.

Прямо на него, сверкая разожженными в уголь глазами, звеня кольцами и бубенцами, неслась в дикой удали красавица Грунька. Сильное, гибкое тело извивалось под расшитой рубахой, самоцветом горели мониста, черные кудри взметались блестящими, жадными змеями.

— Э... эх! — взвизгнула Грунька и будто ужалила, чуть скользнув по Ивану своим круглым плечом, и помчалась дальше, дикая, легкая, как огонь, зажигающий сухую траву.

И казалось, конца нет неистовству бега, казалось, само собой вышло вдруг затосковавшее сердце вслед за огнистою алою шалью.

— Э... эх! — еще занозистей вскрикнула Грунька, еще обожгла парня, уронила, тихо звякнув браслетами, руки и, побледнев, как потухшая в небе заря, вдруг запела — умчимся с тобой в край мой родной.

Иван смотрел и узнавал. Это была она, раскрасавица из мудреной персидской сказки, та самая, которую он вместо Степоши обнимал в ольховом яру. Бахромой своих пестрых платков, цепким волосом черных кудрей она вмиг повязала его по рукам, по ногам.

— Чего ты, Иван, — уж пора вечерять, ну их! — досадливо потянула жена за рубаху.

— Щи не волк, из печи в лес не выбегут, — с неожиданным сердцем ответил Иван и протянул ладонь Груньке. — А ну-ка скажи мне судьбу!

Он хотел сразу выговорить ей, как давно ее знает, как счастлив негаданной встрече и только туповато настаивал: "А ну же, а ну?"

Грунька тихонько, как кошка, схватив лакомый кусок бархатной лапкой, чуть выпускает когти, погладила его по ладони, оцарапала ногтем и, красиво раскрывая очень красные губы, сказала:

— Тебе, королевич? Нет, тебе я гадать не согласна.

Схватило сердце Ивану, понял, что и Грунька видит его не впервые, что давно ожидает, давно вместо другого его в мыслях где-нибудь тайно целует. Рванулся к ней, а язык суконный опять сам собой одни мужичьи слова вымолвил:

— Да мы, чай, заплатим не дешевле других!

— А не всякому, парень, за деньги, иному и за любовь! — пригнувшись, шепнула Грунька. — Как выйдет месяц, приходи к старому дубу над речкой.

Не успел Иван сразу деревенским, нераспаханным мозгом понять, от радости у него или горькой досады между двух камней сердце сдавило, как уж Грунька, звеня бубенцами, тряхнув монистами, понеслась опять с гиком, чуть касаясь примятой травы.

III

Вечером, как всегда, собрала Степанида поужинать, зажгла лампу с розовым круглым шаром, пододвинула Ивану графинчик.

— Что скушный, али в таборе ночевать захотелось?

Отстранил Иван рюмку, долго так уставился на Степошу, будто рябины ее все сосчитывал.

— Может, песню, ту, — вымолвил, — что цыганка пела, споешь?

— Очень надобно, — вдернула плечом Степанида, — что, из песни рубаху тебе, что ли, шить? Доволен тому будь, что жена вышиванью обучена.

— А я? Господи, чему я обучен... неграмотный... — вдруг нашел Иван слово для тайной кручины и, опершись на стол так, что вместе с лампой подскочила доска, налил в рюмку водки и пошел опрокидывать, пока душу огнем не схватило.

— Как завела Грунька голосом, — заговорил он опять, радуясь, что язык называет как раз то, что нужно, — как завела она голосом, а мне вода вдруг нездешняя померещилась, зеленая... дно видать. А небо над водой си-и-нее, деревья белым цветут, кругом дух такой сладостный. А и где та страна, я не знаю.

Иван опять потянулся за водкой, а Степоша вдруг как зайдется, из рук рюмку выдернула, расплескала.

— Ой, смотри, мне, Иван, возни с бабами не затеивай! Чуть что, меня сейчас к себе барышня в Питер возьмет. А ты кому тогда, дурень безнадежный, надобен?

— Да я разве что, я насчет песни... — пробормотал Иван и осекся. Хотел сказать было, что в Груньке ему не баба, а царевна персидская чудится, и пусть они себе с Степошей хоть рядом сидят: одна песню поет, другая шелка разбирает.

А что баба? Баба ли, монополька ли, проглотил — а назавтра опять подавай. Бабою души не накормишь.

Но ничего этого он не выразил, опять язык засуконился. Помычал про себя, будто бык одиночный, и не раздеваясь на кровать спать улегся.

Утвердившись в Ивановой простоте, Степоша скоро уснула, а белый месяц, вдвинувшись прямо в окошко, рассмеялся в лицо Ивану: под темным дубом над речкой цыганка сидит, свою песню поет...

Не поспел и раздумать Иван, как сами собой его ноги легонечко подняли, тихой поступью на улицу вынесли. И потек парень, как к приворотному корню, в черный лес за деревню. Идет и дивуется: будто и не он, мужик безъязычный, а самый тот королевич, что Степоша в пяльцах шелками недавно расшила.

Шапка лихо заломлена, алые сапоги с оторочкой, на плечах не поддевка конюшней прохваченная, а камением шитый кафтан, рукавом бьет опущенным по ногам, кудри ухо щекочут, а в груди песня колотится. Только одна беда — губы вымолвить слов не умеют.

Подошел ближе к речке, глядит-озирается, совсем в новое место пришел. И правда: где бабы день-деньской белье полоскают и весь берег голыми пятками выдавлен, в густом тумане белые девушки вьются. Вот по лунной дорожке проплыли прямо к омуту, за собой, над рекой, протянули кисейные покрывала...

— Парень, аль ослеп? — зашептали листья, и горячие руки обхватили голову, задурманили.

Дрогнул Иван и, как медведь косолапый, голый пень обнял, а цыганка далеко отскочила, будто белка, на ветвях сидит, усмехается.

— Коли любишь всурьез, добывай от своей кукушки рябой билет четвертной! Песни все пропою — помилуемся.

И убежала. Одну минуту на пригорке остановилась, вся на месяце, как осинка, дрожит, руками вскинула: умчимся с тобой в край наш родной! И уже не видать ее, ушла в землю. Было ли что, иль привиделось?

Всю как есть ночь до рассвета Иван проплутал по лесу, и такое с ним вдруг сотворилось! Прежде хотя и задумывался, а все, глядя на дерево, помнил, что оно и есть дерево, случалось и глазом прикидывал: то погнутое на оглоблю, годится, а из осины совсем пора уж корыта долбить, пропустишь срок, с сердцевины гнить примется.

А теперь у него, как у тронутого, вовсе из памяти выскочило, что деревья не люди. Ходит от одного к другому. Листочки рукою разглаживает, говорит, как с друзьями заветными: ты скажи мне, березка пушистая, как в страну мне пробраться нездешнюю, скучно здесь, мочи нет!

IV

И пошло у Ивана с женой несогласье: и то и это не так. Рябины на лице ее все как есть наизусть выучил, глаза намозолили. В вышиваньи ее, после Грунькиной песни, тоже нет ему живой радости. А Степанида по-прежнему тишком да молчком, как мертворожденная, дни за днями обхрамывает.

И все чаще, все призывнее выманивал его ночью месяц. Спят, умаявшись, деревенцы, а за деревней в притихшем лесу бьется в речке обманное серебро. Девушки веют туманными покрывалами, туманят Иванову голову.

Скучно жить ему днем. Опостылела чистая горница. Все равно ему: клонит ли голову к василькам грузный колос, или вертопрахом, пустой, глядит в небо. Все равно ему, кого мужики возьмут старостой. Все равно: не его иль его коровы у соседа в овсах.

Если б слово сыскать, сердце выразить! Ведь вот птица поет, откроет свой клюв, и идут переливы, а человека учить еще надобно. Иного из барчуков всю-то жизнь канифолят, один лак наведут; а у тебя хоть душа разорвись, запечатан как есть. Безъязычный.

А Степанида сердится все, к цыганке ревнует, игла в ее пальцах мелкой дрожью дрожит.

— Не опомнишься, Иван, не возьмешься как путный за разум, поглядишь — беда тебе будет. От тяжелой работы отвык, чай. Пораздумай-ка.

Стояла Степоша к Ивану спиной, сухую фасоль из мешка выбирала. Лица ее вовсе не было видно. Иван, не одну рюмку в себя пропустивши, вдруг осмелел и одним духом вымолвил:

— Степоша, друг милый, тоска мне всю душу изъела, отпусти денег двадцать пять рублей. Найду в городе Груньку, пусть мне все песни свои пропоет. Вот перед Богом: вернусь к тебе. Дай душе передых.

Длинную минуту неподвижно стояла Степоша. Иван уже радостно всколыхнулся, а она обернется, вся белая, да так тихо, как змея потаенная, прошипит:

— Ах какой умник великий! И деньги подай, и с благословеньем его к потаскухе цыганской пусти... — Да как взвизгнет, и изо всей силы, будто крупную дробь, Ивану в лицо полные горсти фасоли.

Вскинулся Иван, бык разъяренный, сдернул с Степаниды платок, скрутил назад руки, толкнул изо всей силы на пол да, и не помня себя, этой самой фасолью, полный рот набивает.

Пред глазами у него река вздулась. В молочных туманах плещут радугой дивные девушки, все поют песни... И все яростней Иван Степаниде лицо закрывает, будто большой рыбе сорваться с крючка не дает. А она, от рожденья хворая, с перепугу совсем обмерла и вот-вот уже не бьется. Отпустил Иван руки, глядит: глаза застеклились, фасолью разнесло щеки; одно за другим, пестрые зерна изо рта выпираются и с сухим треском о пол деревянный стукают. Один, два, три... девять. Считает Иван и не жалко ему никого: ни себя, ни Степошу. Рот у нее растянулся огромный, поблеклою перепонкой, как у лягушки.

— Я этот рот целовал, — содрогнулся Иван и опомнился.

Раздел мертвое тело и, как живое, уложил его на кровать. А в окошко из-за плохо припертого ставня снова месяц рогатый смотрится, тот самый, что выманивал его ночью в лес.

Глянул Иван на месяц, и как стоял, так и свалился. На полу до утра в каменном сне пролежал.

Поутру, как раскрыл глаза, вмиг все отлично припомнил и в страхе, чтобы потом не мерещилось, на постель и не глянул. Заботливо перед зеркалом причесался, и будто не своей, а чужой, такой тяжелой рукой. Подивился: откуда вокруг глаз черные круги как бы углем понамечены. Еще умылся и пошел к Мокеичу повару на усадьбу.

Как всегда, открыв дверь, помолился на образ и не торопясь вымолвил: а Степоша моя нынешней ночью долго жить приказала.

Как флюгер от крепкого ветра, крутнулся Мокеич, подбежал к Ивану, мышиными глазками насквозь пробуравил, потом под иконы метнулся: Царствие ей небесное!

— Я сейчас в город съезжу, — заторопился Иван, — покойнице гроб наилучший...

— Тебе, штоль, добро все отказано? — оборвал, будто пролаял, Мокеич. — Ну, ну, торопись к господину нотариусу, у нее после свадьбы там книжка лежала, а по книжке и деньги. Новому богачу — наше вам с кисточкой! — Усмехнулся, приподнял белый колпак. — А недолго, ой как недолго покойница прожила! — вдруг шагнул Мокеич к Ивану и еще зашептал ему прямо в ухо: — Ой как недолго!

— Что поделаешь, воля Божья, сам знаешь... — жалобно протянул Иван и, слушая свой ровный голос, на минуту подумал: "Ну, может ли какая тварь с человеком в окаянстве сравняться".

Весь длинный путь до ближайшего города Иван проехал как бы в бреду. Сверху жарило солнце, нанятая телега, запряженная спехом, неумолчно скрипела и подскакивала на буграх. Утомительно желтела пред глазами дорога, и казалось Ивану, он на раскаленном песке должен смести в огромную кучу вроде камней разбухшую большую фасоль. Он сгребает, а она во все стороны, будто блохи... раз, два, три... девять. Считает Иван до одури, голова на части разламывается, а в глазах все рябая фасоль, неотвязная... рябая, как Степанида.

— Эх, скорей бы, что ль, Грунькина песня, в песне будто в реке искупаешься!

Перед самым трактиром, где указал дворник, временно жили цыгане; сердце у него так запрыгало под рубахой, что он не в силах был поднять руку, взять висячий звонок.

Из окна Ивана увидели, и какой-то чернявый нахмуренный человек сам открыл ему двери.

— А, кукушкин супружник! — оскалил он белые зубы. — Много ль Груньке гостинца принес?

— Про то Груньке и знать, а тебе что? — угрюмо ответил Иван.

— А Грунька-то чья, вся моя! — расхохотался цыган. — Э... э... э... простофиля! Думаешь, Груньку как бабу за билет четвертой купить можно?

— А ты почем знаешь? — удивился Иван.

— Что знаю-то, что? И знать еще нечего. Всего-навсего было, что стойку над речкой, как пес одураченный, делал, — насмехался цыган. — Что ж ты, деревня, али не смекаешь, что без моего ведома Грунька на заработок никогда не пойдет. Дура только она, — сама себе цену сбивает. Ты меня, парень, слушай: четвертной билет — всего-навсего за одну песню. Хочешь все для себя одного — ровно вдвое. А в прочее и забираться тебе не советую, потому: это видишь? — Цыган засучил огромные черные кулаки.

— Ну, что, деньги принес?

— Нет еще... — опешил Иван, — да мне хоть бы с Груней два слова.

— Сухой договор нам не ко двору, другой раз тебе просим милости.

Цыган без церемонии повернул Ивана к выходу и хлопнул за ним плотно дверь. За спиной его послышался женский хохот, и к освещенному окошку, видать было с улицы, прилипло лукавое лицо Груньки. Она постучала в стекло пальцем и, качая головой, будто вымолвила:

— Эх, разиня ты парень!

Тяжело взгромоздился Иван на телегу. И так ему сразу все, что знал, опротивело. Дома — деревня с прокопченными избами, неизбывные беды, убожество. Здесь — грязный город с базарами, дымной фабрикой, продажною песней.

— Возьму скорей деньги, да один далеко по белому свету прохожу себе до смерти!

V

У нотариуса, плешивого чистого старичка, Иван столкнулся с Мокеичем. Удивился. Не тому, что и он оказался вдруг в городе, а что был в полосатеньком пиджачке вроде старого барина, а не так, как привычно: в белом фартуке и колпаке.

— Вот, господин нотариус, с подлинным верно удостоверьте, сколь покойница сметлива была, свою скорую смертушку чуяла, — значительно сказал Мокеич. — Если в случае, говорит, дяденька, я помру раньше года, притом в бездетности, все пускай вашей милости и отходит. Так, аль не так?

— Так, так, с подлинным верно, — улыбнулся нотариус и с интересом посмотрел на Ивана.

— А ты, сударь-губитель, без малого месяц не дотерпел! — подскочил к Ивану Мокеич, затряс злобною бороденкой.

— Ручки-то у Степоши во как! горою раздуло, а фасолю и выбрать не домекнулся? Вещественное доказательство, так теперь та фасоль прозывается! То-то.

— Скоренько обознали, — сказал Иван, и вдруг совсем равнодушно опустился на стул. — А когда обознали, призывай станового, определяйте куда ни на есть.

— Потому, скушно мне здесь, господин, — повернулся Иван К побледневшему старичку-нотариусу, — мочи нет, скушно...

Хируроид

Домком Ведерников — владелец единственного в городишке кафе, прежде "Плевна", сейчас длинней словом — "Интернационал".

К окну приклеено: "Обеды старого времени". А вутри Ведерников самолично предлагает — честь кулинарии домашнего своего очага — пирожное безе. Тоже надписано: "Прежняя роскошь!"

От хорошего товару не бывает накладу. Только бы с линии не сойти, время внезапное...

И Ведерников яро следит как домком за лояльностью своих жильцов. Хируроид — жилец неприятный. Хотя внедрен он мандатом как назначенный врач уезда, но, во-первых, доверия никому не внушает, будучи врач ускоренного выпуска, упражнений с болящими не имел, за что прозвище ему — хируроид!

Для домкома Алферов чисто чихотная трава — раздражителен. А почему? У него книги: и на полках, и на столе, и на полу. И под кроватью книги.

Известно: при всех правительствах жилец с одними книгами, взамен прочего обзаведения, — жилец самый вредный. Это знает Ведерников по многократной волоките: прежде с полицией, сейчас с милицией.

Книжный жилец начитается в одиночестве, от людей отстанет да и выкинет неподобное. Тут городишко — плевок, воробьи разнесут...

Один такой удружил: при луне гулять вздумал. И не то чтобы в окончательно пьяном виде или там с барышней — один, как сосна, да еще в реке полоскался.

Выудили из реки да к допросу. Туда же ночью Ведерникова как домкома.

— На какой предмет гражданин вашего дома в реке ночью голый? Не на предмет ли перехода границы без видимых признаков, благо граница тут была близко?

Распинался Ведерников, и жилец удостоверял: что в реке он голый, хотя бы и в ночное время, единственно для-ради речного купанья. Куды там!

40

Три дня подозрительно держали в узилище обоих: и жильца, и домкома.

— Нет ориентации ночью купаться, все граждане купаются днем!

Семейство Ведерникова с перепугу "прежней роскоши" не пекло, и вошли ему эти дни в полный убыток.

Так вот, с Алферовым не вышло б беды! Комната Алферова всегда без запора. Когда хочет, старуха у него уберет, когда хочет, только провизии какой ни на есть обшарит себе на обед. У такого-то без замков!

Домком сел в единственное кресло, мелкими глазками обшмыгнул книги и на полках, и на окне, и на полу.

— Ты, старуха, посматривай за жильцом, нет ли чего-нибудь подобного...

— По мне, лучшего жильца и не надо, — сказала старуха, — жилец что покойник — и кипятку не просит, знай себе носом в книгу.

— Да кто к нему ходит?

— Ну, фершал ходит, санитары. Кости им он из ящика вынет, на столе разложит, науку читает, они сычами сопят. Кости-то голые, а уж чьи они — бычьи или песьи, — не скажу тебе.

— А еще что он делает?

— Еще бумагу пишет. Да нет, бумагу, видать, не писал. Вчера на стене припустился. Дверь открыта, гляжу: бодает быком перед стенкой, углем пишет, гляди.

— Может, белогвардейские какие адреса...

И домком испуганно стал водить пальцем по стене:

— Ампу-тация. Тре-па-нация. Де-зер-ти-ку-ляция...

В дверях показался хируроид Алферов. Домком смутился и для фасона сказал по-сурьезному:

— Что это вы, товарищ Алферов, некультурным способом на стенке... а?

Алферов покраснел. Даже уши, наполовину закрытые, светлыми прямыми волосами, такими густыми, что были они на голове, как кругом обрубленная соломенная крыша на хате.

Росту хируроид огромного и, как иной большой добрый пес, стыдясь своей силы, дает себя покусывать моське, поджался и перебрал пальцами кепку.

— Мечты, знаете ли, этакие, медицинские. Приехал сюда для работы, и как назло: ни одного вскрытия. Сами знаете, сыпняки у вас мрут или утопленник...

— Да, — смягчился домком, — самоубийца у нас опытный, он норовит в реку, чтоб без всплытия тела... Да что это я без

41

памяти! Как раз по этому делу к вам шел. Предписание вам на вскрытие свежеприбывшего трупа. Санитар прибегал...

— Свежий труп! — и, не присев отдохнуть, Алферов кинулся вон через улицу в приземистую анатомичку.

II

В окне, глубоко врезанном в толстой белой стене, уже стояла предрассветная молочная муть, а хируроид Алферов все еще не мог оторваться от трупа.

Пламя огромной висячей лампы-молнии горело из последних сил, приплясывая белыми языками, и на потолке был широкий трепетный круг.

Алферов, в белом фартуке, в резиновых перчатках, делающих руки его похожими на лапы медведя, говорил напоследки вдохновенную речь.

Он пламенно верил, как его любимый ученый, в торжество человека над старостью и над смертью.

Волосы его запрятаны под вязаную белую шапочку, отчего лицо кажется новым и строгим. Старый, видавший виды молодцеватый фельдшер и два санитара едят глазами Алферова.

— Сознательному человечеству не нужен алкоголь, ему не нужны сифилис и куренье, ему нужны одни лишь столетние, молодые упругие мускулы, превосходящие мускулы этого двадцатилетнего трупа с дурной наследственностью. И будут, и будут.

Он поочередно указывал на отрезанные руки и ноги, на темную увеличенную печень, на вскрытое сердце.

Под лампой на столе не человек — человечий обрубок без рук и без ног, с отпиленной черепной коробкой.

Тело той особенной белизны жителей севера, что кажется восковым. И кругом этого тела, как в мастерской наглядных анатомических пособий, изумительно сработаны неживые все эти разъятые части и органы человека.

Тусклей горит лампа, мечутся тени, кружит бессонница голову, и все будто не сейчас, а когда-то давно...

Мелькают бывалому фельдшеру страницы прочитанных страшных романов из приложений к газете "Свет" про тайные мастерские великого мага, а молодым санитарам мелькает иное...

Им — что-то из слышанных толков о власти Грядущего Человека: вдруг он сумеет разъятые члены собрать, сумеет вдохнуть снова жизнь. Вдруг сейчас?

А хируроид Алферов говорит, говорит...

Лампа вспыхнула и потухла. В последний миг ярче выступили под ее светом, над темным запавшим животом, обширная грудная клетка и выпяченная шея с запрокинутым подбородком и черною пустотою ноздрей. Кроваво отметились места ампутированных частей с ослепительно белой перепиленной костью.

Вдруг очертанья пропали. Все одинаково посерело.

— Санитары, — сказал Алферов, — когда будете здесь убирать, проштудируйте еще сами на трупе, чтобы на следующем, голубчики, уже не я вам, а вы мне лекцию прочитали.

— На курьерском гоните, Илья Петрович, — сказали, смеясь, санитары, такие юные, с нежным девичьим румянцем.

Старый же фельдшер, страстный любитель медицинского своего дела, благодарил от души:

— Разодолжили, Илья Петрович! Давно жду не дождусь настоящего человека; не врачей, лекпомов нам слали. Два затеяли оперировать: больной готов, я при маске, а тут белые... Двенадцатидюймовая наша как бахнет. Лекпомы с инструментом хлоп на пол! Больной сам кричит им: "Вставайте! своя бьет!"

Весело заперли старинным ключом анатомичку, ключ фельдшер взял с собой, чтобы утром, разбудив санитаров, прийти на уборку. Весело разошлись.

Алферов, довольный собой, как косец, выкосивший больше положенной десятины, едва сняв одежду, повалился и заснул сном мертвецким.

III

Алферов вскочил. В еще сонном мозгу пронеслось: это падает дом! Дверная доска гнулась под чьим-то напором и грохотом кирпичей.

Как был, в рубашке, без очков на подслепых глазах, он кинулся к двери. В окошко метнулись огромные, вишневого цвета знамена, на улице бил барабан, трубили трубы, горласто ударил "Интернационал". Алферов открыл дверь.

43

Защитные воины пролетели с напору далеко за порог, обступили его тесной ратью.

— Вот он! — как Вий, указал на Алферова пальцем какой-то бледный мельник... нет, свой домком Ведерников.

— Одевайтесь, вы арестованы! — приказал высокий с револьвером. Не слова, булыжники хрипло стукнули. Высокому б сразу шашкой Алферова. А кругом ярые...

— На что одеваться, все равно разденем.

— На стол его, рядом...

— Руки, ноги оттяпаем!

Алферов, босой, в рубашке, моргал без очков. Домком увидел, что он ничего не понимает.

— Вас привлекают к ответственности за сознательное оскорбление трупа комвзвода. Его товарищи хоронить пришли, а выходит-то: хоронить нечего!

— Я делал вскрытие, я...

— Не проведешь, — заревели в толпе. — Скрытие по закону: взрезается, зашивается, зазорного нет ничего. А ты зачем это на куски? Сердце, спросить, где? Печень где?

— Пустой лежит наш комвзвод. Руки, ноги расшвырены.

— Одно завалилось, другое — што крысы пожрали! Чего с тобой дурака валять. Иди как мать родила. Мы тебя скроем! Своей печенкой плати!

— Издевку над комвзводом! ах же ты...

Высокий бешено развернулся, подоспевшие санитары и фельдшер понависли, не дали ударить.

Фельдшер, когда-то старший унтер, державший в трепете всю роту, заорал:

— Белены вы объелись! Без протокола убить, кабаны бешеные!

И он страшно выругался.

Напиравшие подались назад. Стали слушать.

— Издевательства над трупом не было, необразованные вы элементы. Было вскрытие, с культурно-просветительной лекцией. Врач на это дело уполномоченный по своему цеху. Гляди, в калошу сядете...

Осмелели санитары, выступили:

— Касательно трупа, когда он без знаков различия, врач не обязанный знать, чей он по принадлежности...

— И в надлежаще образованном составе судей ревтрибунала наш врач еще одобрение может получить за просветительную работу на местах.

— Да здравствует совет рабочих и крестьянских депутатов!

— крикнул фельдшер не своим голосом, крикнули и санитары, помогая одеться Алферову: — Да здравствует!

Алферов, в золотых очках, в пиджачной паре, стоял уже не тот, подслепый, в нижней рубахе. Он сказал без испуга:

— Я сам доложу это дело.

Высокий согласился первым, чтоб был протокол. Раньше ли, поздней — не отвертитесь!

Другие ни за что: какой, к черту, суд? Прочих хоть в баню, води, а с врачом — самосуд. Потому...

— И где ж печень товарища? И где сердце?

— Пусть на место сберет... Чего не доищешь, своим добавляй!

Фельдшер набрал свежей силы и уже не по-человечьи... бычьим ревом бычит, всех покрыл...

— Необразованные граждане! Имейте рассуждение: на что умершему комвзводу за отменой воскресения мертвых и прочего контрреволюционного церемониалу какая ни на есть внутренность? Я сам свидетелем. Хотя б эта самая печень, она у него до невозможности источилась болезнью, так что, при революционной ориентации на торжество рабочего класса, такую порченую печень прилично хоронить разве с останками трупа буржуазии. Если бы вы, граждане, были довольно образованные, вы бы знали, что в древние египетские и прочие времена чем больше уважался класс, тем больше из него после смерти вынималось внутреннего содержания, даже до совершенной пустоты.

— Это он верно говорит, я читал про египетское... — одобрил голос.

— Ну пускай его внутреннее, а руки-ноги зачем отрублены?

Фельдшер от крика окреп и исполнился высокоумия.

— Руки-ноги? Деревня... руки были неблагопристойно закоченевши, ноги соответственно. При этой болезни и после смерти судорога бьет. А ты, по невежеству, что про труп полагаешь? Думаешь, винтовка: положил — и лежит. И совсем наоборот: настоящий, правильный труп при гальванических и прочих токах делает телодвижения. Отсюда ужасание темных масс. Что же, и вы срамиться хотите? Красная армия, к бабьему сословию примкнете? Ну что же, попадайте в газету и будете просмеяны более сознательно читающим пролетариатом!

Высокий сконфузился. Он захотел устраниться, отойдя в сторону. Зато из толпы выскочили двое, дикие низколобые:

— Наш комвзвод! Мы с знаменем, а у его... ни печенки, ни прочего. В реку!

И все с кулаками, с револьвером, ярые:

— С моста его!

Беду отвел сам высокий:

— Товарищи, прошу сознательно... протокол будет составлен, и всех арестованных сегодня же по назначению... Но сейчас мы пришли со знаменами для воздания последнего почета и товарищеского прости нашему красному комвзводу. Этим и займемся. Печень и внутренности — органы не суть для этого важные. Единственно важное — очертание тела для положенья во гроб. Лучше специалистов никто этого не сделает. Потому в порядке дня ставлю предложение: запереть всех, прикосновенных к делу, в анатомичку для приведения в порядок нашего красного комвзвода.

Когда под конвоем удалены были лица, вызывавшие общую ярость, домком взял тихонько под руку и подвел его к стенке, исписанной углем:

— Прежде чем написать протокол, прочитайте!

И вместе с длинным, а за ними и прочие, по складам: тре-панация, ампу-тация, де-зар-ти-ку-ля-ция...

— Это ен... хируроид, — говорит хитрый домком, боясь волокиты, допросов, а пуще всего боясь дефицита в кафе.

— Хируроид давно не в порядке... — он покрутил перед лбом, — такие-то слова на стене? По-ученому зовется это мания. Понимаете: человек возомнит, — и свершает. Так и наш. На стене возомнил, а тут ваш комвзвод в трупном виде... он совершение применил.

— Мания? Это и я знаю, — сказал высокий, — даже очень случается. Только нет... прочие обличают: фельдшер и два санитара. Им бы пресечь, если б мания. Нет, тут что-нибудь коллективное из контрреволюции. Граница близехонько, мало ль что из-за границы?

— Помилуйте, гражданин, — взял тон покрепче домком, — заграница имеет дело с живыми, которых для враждебности их пред лояльностью советской власти, а вы подозреваете на покойника? Еще скажу вам, как на подобное подозрение взглянуть могут в ревтрибунале? Не отнесут ли его всецело к церковным предрассудкам? Рассудите сами ввиду изложенного! Не во много ли раз безопасней связать обвиняемым руки и ноги веревкой и везти их в столицу как личностей, в уме поврежденных? И волокиты избегнем, и вас всех к малосознательным не сопричтут.

Дело ваше новое, без директив...

Комвзвод, уже смущенный речью фельдшера, смутился сильней и подумал: "А ну их к чертям! Подведет хируроид... не

46

в свой заряд влипнешь. Ведь точно, что дело новое, без директив". И громко скомандовал:

— Немедля связать врача и помощников! По свидетельству домкома, они есть умом поврежденные. Товарища комвзвода нам безопасней самим обрядить — они, чего доброго, последнее у него искромсают.

— Чего доброго, — суетился домком, — опять возомнят и свершат...

Хируроида, фельдшера и двух санитаров, зажатых в клетке-купе третьего класса, везли в губернский сумасшедший дом. Руки и ноги были у них крепко связаны. Но хотя веревки больно резали тело и они знали, куда их везут, они духом не пали. Фельдшер, тот даже сказал:

— Приключение Рокамболь!

В сумасшедшем, какой ни на есть, примет врач, и дело образуется. Да и что бы дальше ни было, больше того, звериного, ужаса быть не может, когда там, в анатомичке, горячо дыша в шею, навалившись всей тушей, десяток людей вязали им руки и ноги. Оставалась последняя минута: положат на стол, начнут резать.

И вдруг — нет последней минуты.

— Приключение Рокамболь!

— А кто делу венец? Домком Ведерников. Ну и домком! Как уездный предводитель дворянства, памятуя расстояния, но отечески снисходя, не успевает он принимать любопытных. Ну и хвалится, что единственно он, одной своей сметкой, рассек так называемый гордиев узел!

И только придя к старухе, в бывшую комнату хируроида Алферова, дает он волю скрытому своему темпераменту. Поднеся к самому носу старухи огромный волосатый кулак, говорит:

— Только пусти мне, пусти жильца с книгами.

И старуха просыпала:

— Отведу его, батюшка, отведу его трясцой, холерой, кровавником[1]...

---

[1] Кровавник — растение, народное название: дикая заря, гулявица, чихотная.

47

Для базы

I

— Дьякон то наш, из Дубовой Луки, дьякон Мардарий живцом стал!

Как-же: и Марфа Степановна, и управдом Сютников, и Петька Козырь все выследили, все удостоверились, — переодевается.

Едва на столбах афиши: "совместное выступление"... звезды первой величины — один протоирей — другой протоирей, а приглашенные шрифтом помельче, — дьякон сейчас — пиджачишко, полу-галифе, самоделку с ушами и по черному... И в указанной зале собранья со всеми вотрется.

Однако Марфа Степановна способ нашла, как особу духовного звания и в перелицовке признать. Гриб подосиновик, хотя в какой гуще, а изо всех краснеет, так и церковники из живцов. Кто к длиннополой одеже привык, как обкарнается, сейчас наровит колени ладошками прикрывать; то ли ему поддувает с непривычки, то ли конфузно ему, — не иначе раздетый.

Вот по этой ручной замашке и ловили прихожанки переодетых церковников: без обману. А поймают — раскалятся. Они и сзади подберутся гвоздить и вдогонку ему шепотком: живец, балтист, подосиновик...

Раз Петька Козырь с другим зефирщиком с Васильевского острова до самого до дому затеял дьякона потравить, да на пути другой секрет его и открыл.

Дьякон-то, ведь, не домой, а в "Кафе-Козерог" как стрельнет! А назад и нет дьякона.

— Эге, выследим, — сказал Петька другому зефирщику, пока, что папиросками торганем.

— Сафо толстая, зефир трехсотай, гражданс-ки-я!

Часа два надсаживались, чуть дьякона не зевнули.

Да полно, дьякон ли это Мардарий? Глаза углем обведены, на щеках красные пятна, как у клоуна в цирке, в воротник бороденкой ушел, нахлобучился поскрытней, и по заячьи...

Визганул Петька Козырь и с зефирщиком к Марфе Степановне: — готовьте, буржуйка, сахару — сообщение первой важности! Дьякон Мардарий в "Кафе Козерог" нумера распапашился выполнять.

— Эх, яблочко да мелкарублено,
Не целуй, клеш, под нос, я напудрена.

— Врешь, Петька, это уж обязательно врешь, и в радости Марфа Степановна к дверям у дьяконицы распытать.

— А ты, Петька, иди, иди! пока не украл!

— Скажи курице, она сейчас улице, — огрызнулся Петька, а сахар то где?.. И за дверью оба: буржуйка саботажная!

А когда в темноте, нахлобучившись, бороденка в воротник, дьякон как тать пробирался к себе, на все этажи свиснул Петька с зефирщиком:

— Дьякон живец — твой антихрист отец!

Выпуская гостя, управдома Сютникова, вышла Марфа Степановна за порог своей двери, плюнула перед дьяконом, растерла калошей, хлопнула с сердцем задвижкой, насадила крючок и дважды с музыкой щелкнула ключ — будто от громилы, оборонялась от дьякона.

А гость ее, управдом, он же богоспец Сютников, отступая на шаг и пряча за спиной руки, сказал:

— Дьякон, дьякон, как дошел ты до жизни такой?

Дома дьяконица, с обвязанной щекой, бессонная, над больной пеленашкой, жадно схватила протянутую дьяконом, распухшую от обращения, красную столимонку, положила ее на стол и притиснула сверху холодный утюг. И молчала дьяконица. Молчал и дьякон.

II

Дьякон Мардарий в Дубовой Луке и родился, и на лето из семинарии приезжал, и женился, и с дьяконицей своей двух детей народил. Одно в военное время, другое под временным — оба вскормлены как у людей: на материнском молоке, да на коровьем. И лишь только третье — окончательно революционного времени — подымалось на "сгущенном" и на белой крупе из посылки "Ара".

Не любят получающие арийцы стекловидную эту крупу, ею рынки завалены, она ходит дешевле пшена.

Родилась эта третья дьяконова пеленашка в столице. И совсем бы ей при такой бедности не рождаться! Что поделаешь: от абортной ориентации скромная дьяконица в стороне, а многоплодье в духовном кругу, как было, так и есть статья неподдекретная.

Но зачем было дьякону из Дубовой то Луки да в столицу?

Жил он на селе, немудрящий, мужиками любимый. И дед и отец Мардария, в той же Дубовой Луке были священниками.

Чудной народ мужики: деда Мардариева, хмельного попа и ленивого, так любили, что пред благочинным

за него распинались, когда бывало по пьяному делу между ектеньями не такое словечко ввернет, а доносчик растебенькает. Запрутся на опросе, покроют: — окромя божественных, не было слов...

А вот на отца Мардарьева, на академика, на постника, как снег челобитныя: не продохнуть от попа, убери, владыко!

Развел благочинный руками: старому пьянице потакали, а тут ака-де-мик...

— Старый поп деревенцами не гнушался: службу скоро правил, грехов не тянул. Этот же после обеденки еще "слово" норовит, а что не пьет, — кишка у него тонка, нам это даже совсем не угодно.

Мардарий весь в деда: и хохотун, и простец, и с ранних лет, на свадьбе ли, на хресьбинах — любит стаканчик глушить. Приятель и кум, Захар винокур, бывало сахару в водку сыпнет, перстом размешает, в чайной чашечке поднесет: пей сладимую, слаще жить!

С Захаром и с другими парнями хаживали в Ордынок — монастырь. Пели поминаньица: родителей за копеечку, родню за денежку. Заводил тонко Мардарий:

> Папеньку родного,
> Маменьку родную,
> Папеньку хресного
> Маменьку хресную...

Весь день собирали, ввечеру пропивали. Нравилось вечером в реке раков ловить на лучину, река от заката — плавленное золото, задолго придешь, любуешься. Монастырь нравился тихий, рабочий, с диковинно-росписанными образами.

Во всю стену хватил художник от Матфея главу седьмую: "и что ты смотришь на сучок в глазе брата

своего..." И бревно из глаза осудителя — агромадное, четверо надуваются, еле держат. А другой образ-радостный: "и взыграша младенец". Чрево у Елизаветы взято в разрез, и нагой младенец в нем на скрипке играет.

И вот эти два образа — вся наука Мардарию. Умом не хитер, сердцем берет. А для сердца тут все: от Христа ему радостно, как младенцу во чреве. А урок его главный-то: к брату, к ближнему — свое бревно помни, другого не ешь. И оттого, что Мардарию вся мудрость тут, на Ордынской стене, по книжкам в семинарии шел плоховато, уж куды в академию!

Отец умер, и Мардарий в той же церкви стал дьяконом. Женился, обзавелся хозяйством; и век бы ему, как отцу, и как деду — тут вековать. Хотя бы и революция? Что же особенного? — Перемена правительства — другое поминовение, а служба та же, и тот же храм. А хоть волнения кругом не избыть, тому, кто смирно сидит, об одном иждивении рук своих промышляет, тот и сыт, тому и хлопот больших нет. К тому же Мардарий — всего дьякон, и за все про все в ответе не он, а священник.

И вот опять: зачем дьякону в такое-то внезапное время из насиженной Дубовой Луки, да в столицу?

* * *

Еще было начало революции. Еще кричали по России приказы: — Я, Керенский, я...

Еще могли быть и такие и эдакие мнения, а по железным дорогам шла демобилизация.

Первоначально, дьякон Мардарий втиснулся в туго набитый вагон, без всякого особенного мудрования, по одной лишь фамильной надобности: поехал в уездный город к собственной теще на предмет обмены сырья на мануфактуру.

И ничего с ним в вагоне и не было кроме обычного в такое время разнообразия разговоров, а вот подите ж: поехал один человек, воротился другой.

III

В вагоне, на нижнем диване, друг против дружки — собеседники. Один говорит, другой слушает; от него дьякону видно на лоб свисший чуб, усы, бородка. А рассказчик, участник московского собора, с побывки едет опять на собор — он виден весь. Небольшого роста, судя по широким плечам, недавно еще плотный, сейчас страшно измученный, почти больной человек. Речь его для дьякона необыкновенна. Не столько словами, а как то всем существом, движеньем коротких

51

пальцев, напряженным, вдаль глядящим взглядом — вызывает он, показывает то, о чем говорит.

— Владыко воронежский, владыко тамбовский... и замрет. Ну, что-ж, зазорного в этом владыке нет ничего, росту крупного, крест над кафедрой золотится, голос-бас. И хозяин... по докладу видать. Главное дело — хозяин.

— Ну, владыко такой то...

Помолчит. Словно ищет в новом имени то драгоценное, чего хочет душа, чего не назвать ему словом.

Дрогнули губы, короткими пальцами скорбно развел: на нет, дескать, и суда нет. И другой напротив подперся, чуб свесил, сокрушен как от тяжкого горя:

— Что ж, и в этом зазорного ничего. — Ростом пониже, не ходит — бегает, и к "молочникам" лют.

Дьякон смешливый как прыснет:

— Молочники! Это те, что в пятницу чай с молоком?

На минуту обернулись оба на дьякона.

— Извиняюсь, — сказал по новому Мардарий, — я из Дубовой Луки, мы там в темноте, на счет хода событий...

— Какие события, пока одна ябеда: "крючки" в буфете шмыгают. Особам наушничают, а особы нас профессоров, этак с занозой: "достопочтенные"...

Долго, истово, с страшной внутренней напряженностью, и оттого как бы внешней бедностью, необыкновенно ведется рассказ. И верит дьякон расказчику; не только видит, как видел тот, но вместе с ним и сам скорбит о чем то таком заветном... а о чем? И не назвать. Дивится Мардарий: вольный человек, а поди ж ты как за наше за церковное, болеет душой. Осмелел, говорит:

— И как это вы все упомнили и про главное и про околичности?

— Эта душа уж сама затаила, чтобы, знаете, честной памятью проверять на досуге. Задача то ведь какая? Ради нее и жить и помереть: Христову правду выявить.

— А на деле-то, а на деле... прервал тот чубатый.

— А на деле пока так: в этом всероссийском соборе, за немногими исключениями, определял средний уровень, не огонь, не дела веры, а вот этот скорбно-комический минимум: зазорного нет ничего! И у многих, знаете ли в руке благословляющей "особу" — непроизвольный изгибчик и грация этакая, дореволюционного времени.

— А они всем вершат. Создают форму и норму... мертвый собор!

52

— Так история и запишет: первый московский всероссийский... мертвый собор.

И опять как сокрушенный тяжким горем подперся чубатый, ниже свесил чуб: — столь угашен у нас дух, иных вдохновений видно не стоим. Религиозная форма и норма.

Вышли соборники на пересадке, и такое у Мардария за них беспокойство: сядут ли дальше куда им надо, или приткнувшись на корзины, пропуская все поезда, снова пойдут себе перебирать за владыкой владыку.

Чувствительно дьякону: не специально духовные люди, а как про духовные говорят?

— Христову правду, вишь, выявить, за это им и жить и помереть!

И не слыхивал в своем-то кругу.

Обмозговать дьякону охота, а где тут обмозгуешь? Опять новые люди, опять смотри — слушай.

На месте соборников внизу примостился только что выбранный товарищами себе в начальники солдат. Зовут его все — господин офицер.

Офицер держит крепкой ладонью серебряный подстаканник с надписью: "от роты уважаемому товарищу". В подстаканнике тонкий стакан баккара и ложечка. Офицер командует в чащу серых шинелей: — Кротков, на следующей станции возьмите нам в окно две бутылки "ситры". Безразлична ее стоимость. Кротков, себе вы возьмите одну четвертую часть, а прочим мы угощаем. Какая часть двух бутылок, одна четвертая?

— А хто ж ее знает, — как шмель сонный бас.

— Вы, Кротков, должны знать, когда вы сознательный. Я вам толковал.

На остановке чья то рука, должна быть Кроткова, молча подает из тьмы две бутылки. Рыжий солдат при передаче легко подбрыкивает одну на ладони: почитай целую облегчил, Кротков-то, сознательный.

— Кротков, идите сюда, чай будем пить! Кротков медведем пробирается к чайнику. Щеки у него два арбуза, усов еще нет и ему все равно.

— Кротков, сюда, с нами рядом.

Офицер сжимается на своей корзине и далеко вперед выносит руку с стаканом баккара.

Офицер волнуется. Он знает, что за ним все следят. Дело его тонкое: и себя не уронить и новое революционное сознание между офицером и нижним чином выявить: равноправие.

— Кротков, вы мне лейте воду, а я вам обратно лью чай.

53

Одновременно наливают друг другу. — Кротков, через час времени, вам пересадка. Дальше едете вы отдельно, на северо-на-восток. Захлестнитесь потуже: вспомните, я вас научил, что на северо-на-востоке?

— Известно что — Вятка. Домой в Вятку еду.

— Вятка есть ваша родина, а я вам доказывал по учебнику, что на северо-на-востоке обязательно холодней. Опасайтесь простуды.

Офицер и Кротков допивают чайник. Офицер бережно обворачивает тонкой тряпкой стакан баккара и прячет в корзину, доставая взамен старую карту России. Водит пальцем по карте.

Все склоняются, двое светят огарком, любопытствует дьякон вытянуть шею, а Кроткову — все равно, и не склонился толстым лицом, так стоит.

— Вы скажете дома, Кротков, вы скажете... голос у офицера крепнет, а сам он гордый как на коне. — Вы скажете: я ехал через пять республик украинскую, польскую, белорусскую, литовскую и собственно говоря — нашу именно: великороссийскую...

На большой станции, где помирившись после крутого боя, враждебные стороны выпили все самовары, и пассажиры, не раздобыв кипятку, страшно ругали и своих и чужих, — офицер целовался с Кротковым и, выгружая его, в догонку кричал:

— Захлестнитесь потуже, на северо-на-востоке обязательно холодней. И республики упомните...

Не дошел в ответ бас Кроткова, и уж верно подернул плечом: — и кто ж их упомнит...

А внизу еще новые: моряк "Центрофлот" и почтенный георгиевский кавалер.

Щека у кавалера подвязана, на рукаве три нашивки, три, значит, раны. Щека эта — еще в 14 году, вверху горы пуля въелась. Зажал рану, сел, извиняйте, на себе собственно, вниз и съехал. Другой рукой, штыком правил, что рулем. Сам вольно пошел. А в прежние войны еще два раза ранили, и все за нее, за Россею. А ноньче-то, ноньче, выходит задаром.

И ничего другого кавалер не говорит. Подопрет крепче щеку, ломит кость к погоде, вздохнет "э-эх, все задаром!" А наискось матрос: круглое лицо, темное. Как повернет голову, сверкнет белками и золотом букв.

Спорит матрос с голосом верхней полки. Из за чьих то вещей, явственно голос, как ребятам диктует.

У голоса выучка, и он с цифрами: — обманщики они или обмануты сами; Не встанут в Европе, вы только допустите... не допускает матрос: — Все — как надо, весь мир Россия спасет, весь, зажжет! Читали: в Кельне... И допустить не хочу.

Весь день матрос не допускает. На утро побледнел, осунулся. И ночь ведь всю спорили. Голос из-за вещей прочел вслух газету: ну, сущие пустяки в Кельне-то!

И с новыми цифрами на матроса...

И к полудню отвечает матрос, глядя в окно на снега, уходящие к самому лесу, чтобы упасть на него белым мехом; и говорит матрос будто не людям, а снежному пустырю, а этим верстам мелькающим:

— Ну, хотя б и обман! За такой и за обман помереть не жалко. Бывало, баранами мерли...

А внизу кавалер тугоухий:

— Это ты верно, матрос! Мы за свое мерли в свое время, вам теперь за ваше. Ежели человек в полном чине, за что ни на есть, а сложить ему голову надо. Не то воши, воши живого съедят!

IV

Вернулся дьякон и провизию привез и все как полагается. И вот затосковал. Церковники те, офицер, солдат да матрос — из ума не идут. Всех будто и раньше видал, а вот поди ж ты, — новые они дьякону люди.

Чем новые? А тем, что всем им до чего то есть дело такое, хоть бы за это и помереть. А ему, вот, Мардарию, ни до чего до такого нет дела. Его значит — воши съедят.

Не умеет дьякон, не привык думать, зато с юности полно сердце волнений: От спелой нивы, от облачных в небе барашков, от белой змеистой дороги, по которой ходили, бывало, в Ордынок, от молитвы иной, от своего служения дьяконского, — как препояшется орарем под нехитрое пенье всем миром молитвы господней...

И теперь чаще мнится Мардарию: не пустой он обряд совершает, а благодатно препоясался в путь, как посланец высшей воли, возвестить ее людям.

А какой воли и что именно возвестить — и не знает дьякон. Но крепко вошло в него новое: найти надо, за что сложить можно б душу, чем сан оправдать. Но и страх с этим новым: прилично ли ему, духовному лицу иметь хотя бы мечтательное участие в общей революции?

Прилично-ли даже желать в своем ведомстве перемен?

Летели, дни, и наступили времена, когда сроки обыкновенных счислений уже так сгустились, что иной день человек проживал годы, а годы шли за столетие той медленной неухабистой жизни, что прозывалась "культурной".

Как рыбе из моря на суше один конец: либо научиться дышать по иному, либо пропасть, — так и человеку в эти годы: либо гони себя в рост на курьерских, либо оседай, иди плесенью...

И вот окончились гражданские войны, не стало фронтов, пошло устроенье домашнее.

Встрепенулся дьякон при "изъятии ценностей" и при слухах о новом церковном движении. — А, может, оно — вот то самое, что он ждет, не умея назвать! Оправдание сана его в чине ангельском?

Денно и нощно — в мечтах Мардарий: как бы ему да в столицу попасть? И вдруг перст судьбы: письмо оттуда от шурина. Овдовел, бездетен, дьяконицу-сестру зовет с мужем и ребятами: вместе легче продержимся.

Дьяконица брата любила, и покорная, своей воли нет — Мардарий ей закон. А Мардарий одно: перст это, перст!

И попали из своей Дубовой Луки да в столицу. Дьякон в тихом приходе устроился, не в центре, конечно, но и не совсем на окраине. Да беда: новый перст судьбы, на этот раз не обольщающий, а как бы "первое предупреждение" дальнейших бед. Шурин тиф прихватил, поболел и помер. Осталась квартирка, а половины доходов ищи. Спекуляцией шурин накручивал — валютчиком. А тут дьяконица родила. Самой кормить нету силы, а коровьему молоку здесь возможно поверить, когда сам корову подоишь. В таком роде и было: первые месяцы дьякон дважды в неделю к чухонке за город ездил, бетоны возил, за них чухонка в обмен то лампу, то зеркало.

Проглотила к полугодию дьяконова пеленашка почитай всю обстановку, и отдав за бетоны ломберный с зеленым верхом, дьякон решил перевести дитя на сгущенное.

А за сгущенное — денежки! Да болеть пошли и дьяконица и ребята. Сразу все без подметок, и дрова... топились, топились — ан нет больше дров!

Приход дьякона бедный, из "мертвой церкви", а тут — "совместное выступление" и мода на "живцов". Еще бы не мода? Один среди церкви служит, другой с органом, третий с женщиной вместо дьякона. Тот стихи Блока между ектеньями с телодвижением говорит. А еще на отлете и такая община

56

завелась, что не то студента, не то курсисточку-медичку всем миром поставили, да без образов, с одними лишь портретами русских классиков, всенощное бдение правят. А из углов у них висят желтым языком вниз огромные как колокола, белые лилии из бумаги папиросной.

Взорвалась твердость прихода, вот-вот все рассыплется.

Дома Мардарию дьяконица душу мотает. К ней соседка Марфа Степановна с вычислением приходила: — все проценты в сгущенном молоке совсем не молочные, а из чего-то бог знает из чего. Без чухонки дитя пропадет. А чухонке дать что ж? Старшенькие — первая ступень — окончательно без башмаков. Дьяконица себе к летним туфлям пришила рукава старой шубы, не ноги у нее — трубы самоварные, ночью только и выйти.

Ну что, спрашивается, дьякону Мардарию делать? К пану Ступаковичу поступить?

Пан Ступакович давно, как бес, вокруг дьякона ходит, к себе, в "кафе-Козерог" нумера петь зовет. Губа не дура у пана Ступаковича, и расчет его без просчета. Дьякона и дьячки отощали, голоса у многих не хуже, чем у вольных артистов, а по духовному положению своему возьмутся за дело сходнее. Особливо из "мертвых", так как мода сейчас на "живцов".

Вот и пошел с дозором пан Ступакович по церквам, отмечает в блокноте хорошие голоса. Знакомится деликатно, и предложение выступать в "номерах" с частушкой, с характерной песней "лапотник", словом, по сезону — с чем придется.

— Гонорар разовый, без заминки, одно условие не опаздывать. Дело живое проточное: посетитель, особливо подвыпивши, обожает быстроту и коловращение.

Голос у дьякона Мардария, записал в блокнот Ступакович, — tenor di grazia, а как при знакомстве узнал, что в селе своей песней славился — ну как клещ.

Пан Ступакович не отстает, дьяконица с бетонами пристает — как удержаться Мардарию?

— При моем сане зазорно, ряса на мне!

— Вы не в рясе будете петь, — говорит Ступакович. — Вы рясу в общей уборной на гвоздь повесите, а с чего ряса на гвоздю спаскудится? — никак. Вы петь будете в самом наиладнейшем лапотном уборе, и заметьте себе: плисовые шаровары — досконально прежняя роскошь.

Дьякону отец вспоминается: строгий, с академическим значком. А Ступакович свое: гонорар наивысший, разовый, без заминки, один уговор — не опаздывать. Дело живое — проточное.

Как неужто и в субботу? Сейчас после всенощной, и грим положить не успеешь.

— Грим? Пустое дело, — сказал Ступакович, — зеркальце выньте, да хоть себе в алтаре цветным карандашиком тут — там. Шапку нахлобучил, бородой в воротник, и — хотите на пару пива? Никому не узнать.

Дьякон Мардарий руками замахал:

— Такой грех в моем сане!

А пан Ступакович:

— Почему вам грех, когда у меня полный духовный ансамбль! И не какие нибудь безработные, а сплошь живая и мертвая церковь. Теперь никто ветер к себе в голову не впускает — совместительствуют. А вы хотите состроить исключение?

— Сан духовный...

— Я же сана, боже храни, не отгнетаю. Сан вам остается для базы. А "кафе-Козерог" — отхожий промысел. Ну: не коротко и не ясно?

— Сан — для базы! Духовный мой сан?!.

Не спал эту ночь Мардарий и как дятел, одно: ехал сюда, чтобы свой сан оправдать. А сан-то... сан — для базы.

V

Дьякон Мардарий в столице больше слыхал о том новом, что творилось в церковных кругах, но, как и в Дубовой Луке, это все были злые сплетни, а сам он еще приблизиться к делу не мог.

Приход его был из "мертвых", и батюшка в проповедях норовил завернуть про последние дни и печать Антихриста. Конечно, все это с указанием на далекое прошлое Византии и гонение императора — арианина.

Но преотлично все знали, где сия Византия и кто будет сей арианин. А управдом Сютников, между всем прочим, и богоспец, он проведал всю платформу живцов: и кому будут давать красные митры, и кто замечен в "сокрытии ценностей", и сколь много вдовых попов с разрешения "ВЦУ" поженились.

Он же приносил живцовский "журнал для всех" с

58

подсчетом на полях, сколько раз упомянуто слово "экс-пло-а-та-ция", и прочие советские митинговые слова, вместо прежних слов божественных. А последний листок, богоспец Сютников вырезал и наклеил на твердый картон.

Это было объявление о дешевой продаже плащаниц, подсвечников и хоругвий с плагиатным от гостиного двора выкриком, вроде рекламы крест на крест: "все для церквей"!

Сютников, злорадно хихикая, берег этот листок для каких то иных времен.

А дьякону Мардарию одно любопытство: — самому поглядеть, удостовериться, точно ли живцы — антихристы? Прочтя как то раз о "совместном" выступлении, все дела неотложные бросил, в партикулярный свой костюмчик оделся, волосы шарфиком обвязал. — Хоть и модны "стрижи", а не всякому просто, поднять руки на волосы. Молитва над ними.

Тайком ускользнул на заседание Мардарий — и в самую точку попал. Главный один доказывал, как именно вышел в церкви раскол.

Мардарий не отрывался от главного.

На эстраду перед несметным народом тот выбежал и стал говорить. Разве словами? Нет. Будто чирк — подожжет, и взовьется ракета и вокруг огнями цветно... А он им упасть не дает, еще и еще...

Сразу Мардарий не понял смысла слов, боялся понять. Все, о чем он сам при царе еще, не то что робко подумывал — куды не сумел бы! — А скорей все то, от чего больно бывало, и стыдно бывало, — вот про все это проповедник, как по самой умной книжке.

А войну то, войну как разделал! Пушки, чугунные неодушевленные орудия, говорит, святой водой окропляли, чтоб им без промаха бить людей.

И про все это таким ураганом, взметает вверх, в стороны руки, сверкают глаза, весь бледный, яростный...

— Божья гроза, — шепчет Мардарий, — божья гроза.

Как девушка, скромный дьякон вовлекся в вихрь проповедника и весь замер в одном: за что скажет, за то и помру.

А говорит проповедник слова: социализм, революция... примем гонение и смерть за новое религиозное сознание.

Мардарию вспоминается, как тогда в вагоне он взволновался от всего, что видел, и как потушил в себе новый интерес, не зная, смеет ли он, духовное лицо, сопричтись революции. Теперь он видит, что смеет и как это надо.

— Кто принадлежит к прогрессивному духовенству, кто знает что церкви нужен сдвиг? Идите к нам!

Трепещет и стыдится Мардарий: неужто он сам и есть прогрессивное духовенство, — ведь двух слов связать не умеет.

И хоть слышит сзади, не понимает насмешливых возгласов:

— При царе бы войну и корили!

— Задним числом дешевле стоит!..

А тот на эстраде рассказывал, как они, несколько человек, сделали церковный переворот, и теперь все

в церкви по новому. — В одной любви христовой и строительстве праведном...

Как только этот проповедник окончил, Мардарий других и слушать не стал, побежал домой.

Скрипит чуть подмерзший снежок, белая улица, и вдруг радость от нее, как от той белой дороги, когда с парнями ходил в Ордынок. Молодость воротилась и вознесла. Вот пусть бы сейчас все те разговоры, в вагоне. Сейчас сказал бы тем, профессорам соборным, и кавалеру и флотскому: я вам родня. Я, дьякон Мардарий из Дубовой Луки, тоже знаю, за что собственно мне помереть. Да, за новую, за живую церковь!

Тихо пробрался в свой коридор дьякон Мардарий, тихо отперся ключем. Не раздеваясь, взял со стола ножницы, и сияя детскими веселыми глазами, отрезал целиком свою забранную в кулак косицу.

Дьяконица проснулась. Замученная, безброво и тупо смотрела на мужа. Потом она глянула вниз на половицу. На половице, свернувшись кольцом, как змея, чернела густая дьяконова волна.

— Остриг!..

И как по каменным, по ее серым щекам съехали вниз две слезы.

VI

Решающие наступили для Мардария дни. Не в словах увязать — оживлять жизнь делами, "новым религиозным сознанием", вместе с ним, с проповедником. Из за этого самого из Дубовой Луки сюда ехал, из за этого с дьяконицей своей голодает.

Что же ему, как начать? Попроситься в прогрессивное духовенство? А какой он работник! Косноязычен и не мудрящ.

Вот если б для примера за что помереть надо бы — это он может. Детей люди добрые не оставят...

А духовенству, как и всем, надо правду свою выявлять: из за чего собственно оно есть духовенство — то есть именно особое ведомство?

И мечтается дьякону; в обиде тот проповедник, что ему душу пронзил, готовится к ссылке, и на все его дело — гонение. А он дьякон Мардарий в ноги ему: пострадать хочу с вами за все собственно, о чем вы давеча с кафедры!

Революция в России: кто умер, а кто узнал, за что ему умереть стоило бы. Ну, а кто и сейчас не узнал — того воши, воши съедят... Узнал дьякон Мардарий: ему — за живую церковь.

На другой день ввечеру, пошел Мардарий к управдому Сютникову деликатно выспросить, как и что ему сделать, чтобы вдруг запринадлежать к прогрессивному духовенству, да обиняком допытать, как это в "живцы" вписываются.

А управдом, он же богоспец, Сютников его вдруг, как медведя охотник по черепу — наповал:

— Живцы твои, дьякон, живцы каковы! И нумерочком газеты пред глазами мерекает. — Гляди ка в столбец.

Глазам дьякон не верит: — отбирать у духовных лиц подписку о признании ВЦУ.

— А тех братец, что заартачатся, вон из прихода, за пределы епархий. По старинке, им нравится. Щука съедена, а зубы то, видно, остались. Хе, хе,... за пре-де-лы!

Пришел дьякон домой, не спросил ничего, что хотел.

Дома узнал: всполошенный дьячок прибегал, завтра утром церковный совет у батюшки на дому.

— Уж ты не прекословь живцам то, — ноет дьяконица, — с ними не шутка! Отца Павла прихода лишают, а благочинный от Троицы сам "покраснел", с амвона грозил, коли кто не подпишется.

Кричит пеленашка, у нее режутся зубы, и рожок с сгущенным молоком она злобно толкает крепкими кулачками. Наливается красная, выпинаясь замотанным телом, как рассерженный рак.

Марфа Степановна просунула в дверь ядовитую свою голову в холодной завивке и прошипела: успокойте ребенка.

— Снесу ее к доктору, — прошелестила дьяконица белыми губами, встала, пошатываясь от бессонных ночей. Двух старшеньких только что свезла в скарлатине в больницу.

Сидит один дьякон топит времянку. Дымит она. Дым глаза ест. От него, что ли, плачут глаза. Темен умом дьякон, а сердце простору просит. Ну ради чего революция? И собственно для духовного ведомства?

Прочие ведомства все узнали ради чего стоит жить и помереть. Ну, а духовное? Ужели ради власти? И к кому пойти Мардарию, когда он и слова не знает, и про свою православную веру как в семинарии учил, чисто все позабыл. Одно помнит: образа на стене монастырской — "взыграша младенец во чреве" и бревно в глазу осудителя. Да, вот еще недавно узнал: пока жив, найти каждому надо, за что именно ему помереть. Найдешь — в полный чин вступишь, оправдан и сам.

А пан Ступакович-то? Сан — для базы. Да неужто и весь тут ответ?

А Ступакович легок на помине, стучится. Его стук дробинками бьет, а голос с игрой:

— Ваше Преждеосвященство дома?

Молча дьякон впустил.

— Ой, и дымно у вас, — говорит пан Ступакович, — совершенные облака. А топить настоящую печь нету дров, что? Ведь дровец то в обрез?

— Мешками берем.

— Срам, дрова брать мешками, ведь это не 18 год, это ведь слава богу, нэп. А при нэпе одни бездельники не устраиваются. Ну, хотите завтра же березовых? В счет гонорара. Прямо с вокзала два воза: один мне, другой вам. И чухоночку пришлю — честнейшая; если что подливает, так одну только невскую воду. Затушите ваш огонь и пойдемте. Ну?

— Обмозговать надо...

— Ну, за парой пива обмозгуете. Ставлю. За сегодняшнее разовое выступление — неподдельную красную "столимонку". А дрова это в счет, подмахните контракт на сезон, и топите себе на здоровье! Гарантирую: дрова как бездымный порох, без дыму, сразу жарища. Грим вам для первого раза я сам наведу, а уж вы завтра карандашики в футлярчик, футлярчик в тайный карманчик. Зеркальце вынул, тут штрихнул, там штрихнул — красавец мужчина!

Дьякон ходил по комнате, трещал молча пальцами.

Постучали в дверь. Дьяконица.

— Ну? — Спросил дьякон.

Дьяконица с трудом подняла бессонные глаза и сказала, кладя на постель пеленашку:

— Скарлатина. В тепле держать надо.

— Тепло первое дело — подхватил Ступакович, — первое дело: тепло и легкий питательный стол.

— А тех, в больнице, на свое молоко перевели.

Голос у дьяконицы шел издалека, будто не она говорила, а в нее как в трубу шел откуда то звук.

— Ну, пойдем, — сказал Мардарий пану Ступаковичу.

VII

Дьякон Мардарий, с подведенными углем глазами, отчего они словно кому то фривольно подмигивали, с пятном румян на щеках, сидел в комнатушке за открытой сценой, за столиком, против пана Ступаковича. И как давно ему не случалось, он глушил одну за одной, настоящую прежнюю водку.

Он одет был для выхода в лапти и в онучи, перевитые черной тесьмой, и в рубаху с красными ластовицами, чтобы петь "нумера".

Пан Ступакович щедро подбадривал из бутылочки. Выпил и сам. И вдруг стал невеселый.

— Моя паненка Ванда Мусила вон из города в Павловск, а из за чего? Из за подлой книжонки. Слыхали, психоанализ Фрейда?

— Нет, — сказал дьякон, — я ученых книг читать не могу.

— Зачем она ученая? Никак! Эта книга паскудней шпика-подлюки. Эта такая книга... она вас укусывает как собака, когда вы совершенно не ждете. Подумайте: жена меня так себе, с лаской спрашивает: "ну что вы, мой кохане, какие мечтания в снах имеете? Имеете вы мечтания об озере, будто в лодке плывете, а кругом цветы?" — Ну, скажите, может ударить вам в голову, что это же вовсе не озеро, а мышеловка, куда мышку хлоп — и пожалуйте! — Ну, и мне не пришло: — какже говорю, моя кохана, бывает и озеро мне мечтается в сонной мечте, но чаще, откроюсь я вам, по прежней моей канцелярской работе, что убираю в шуфлятке, или в ящиках роюсь... Вдруг жену, прошу пана, как скарпий ужалил. Позеленела и с кулаками кричит: — "ваши сонные мечтания обличают на яву самые с вашей

стороны последние похабности. И с кем вы их поважаете делать, я помру, а дознаюсь!" И вон тогда из дома! А дом то ее...

63

И ведь это она не с своей головы, а с напечатанной книги: психоанализ Фрейда. И такой это советский толкователь снов, чтоб ему...

Прозвонил колокольчик. В маленькую дверь глянул такой же как дьякон "лапотник", и сказал: — наш выход!

Пан Ступакович с лаской взял дьякона под руку, прошептал: — вы не считайте за урон гонору, что сегодня не высший духовный ансамбль. К той неделе подравняю вам сплошь дьяконов. Хотите "живых", хотите "мертвых"?

На спевке Мардарий узнал своих партнеров — трех многосемейных дьяков из недальних приходов и дьячки узнали Мардария. Но все поздоровались как незнакомые, когда пан Ступакович представил их друг другу под чужими фамилиями.

— Первым номером сезонное — "Яблочко". Публика обожает. Ну, адье, жирофле! И подвыпивший пан Ступакович сделал ручкой.

Через минуту все четверо лапотников стояли на открытой сцене, и дьякон Мардарий — запевало, выворачивая пятки, ерепенясь, с уханьем выводил:

— Эх, яблочко, да покатилося,
Генуэц-конференц да провалилася!

64

По Москве

I

Башня

От Крестовской заставы эта башня как морок. От солнца, от пыли, от человечьего пара — марево вокруг, тонкий туман. Торчит она, ненужная, с глазом-часами, и кажется: два ее боковые крыла до мостовой не доходят, в облаке реют, известковая белая пудра взмывается, как седая волна, то тут, то там вверх на красную стену. Идет ремонт.

Не избыть лесов этой башне видно с тех древних времен, как из шатровой ее крыши с палаткой — двойней, царь Петр, в пылу вечных реформ, приказал вытянуть к небу обсерваторийку для школ, навигацкой и математической.

Ремонт идет в башне: и была-ль революция, не была — все тот же древний обычай рабочего. Не высмотрев верного места, примоститься под самое, что ни есть, неверное. Где расселась кирпичная кладка и того гляди стряхнет с себя белые надоконные "вавилоны" неизвестного мастера — там гляди двое — трое. Уперлись в стену ногами в портянках, да никак ее ломом...

А над лесами, по покатой настилке, нет-нет, для потехи народа, будто Нижинский в своем балете, взмывая руками и чубом белым от извести, как вихрь промелькнет чей-то парень.

Под башней сапожники. На обрубках, тычках, кирпичах, плечо к плечу, как опенки. Щурясь от пыли, ладят, чисто пугало в огороде, на какой-то сподручный костыль драные, страшные сапоги. Сверлят, загоняют шипы — гонят во всю "холодную починку". Побелены известковою пылью, каким-то средневековьем, нерусским цехом, возникают сапожники вокруг странной башни, где, шептались предки — закладены чернокнижные книги, им же дано исчисление во Стоглаве...

Над "холодной починкой" куражатся рожи: из-за досок забора, границы ремонта, выпинаются Петрушки зубастые, да носастые, яркие, как цветки — все курильщики папирос "Моссельпром".

Сапожники не прежние: из мальчишек в подмастерья, из подмастерья в "самого". Те, один как другой, тянули дратву, — та же сноровка. Советский подбашенный сапожник изловчается каждый по-своему. И кто же его знает, кто он сам? Одного все зовут — граф. И руки те-ж, просмоленные, и на такой же страшило, сапог-ломовой, гонит латку, а, изъясняясь про Китай, поминает редчайшие книги "своей" библиотеки.

За сапожным — цех селедочный, бабий. Лотки копченой лакированной селедки с "поплевом", и натертой маслом для "прелести" и ведрами маринад, где всех специй — лавровый лист на серебряной чешуе — подкинулись к самым к рельсам трамвайным.

И можно-б отсесть, да так веселей. А из вагона кажется проезжему седоку, что едет он по живому: по бабам селедочным да по бабам яичным... Метнулись и эти под самый трамвай с корзинами розоватых и смуглых, как в загаре, яиц.

Тяжко охают вагоны с прицепом, грохоча и пугая раскачкой, но слышно как-раз под башней не часто давят людей. За бабьей цепью ряды: колбасный, мясной, мучной и фруктовый.

В отместку голодному году, когда из-под полы торговали здесь жмыховой дрянью, наглыми белыми буквами по черному полю кичатся у ларьков сейчас сорта хлеба: с изюмом, горчишный, и с маком, и минский и подовый...

— Гражданин, вам кругляшкою, фунтиком, али резкою?

— Это колбасы. Легкое, сердце и печень дымятся кровью в лотках.

— Коль торгуешься за такое за последнее... так ты элемент мелкобуржуазный! Небось не торгуется беднота. Беднота берет для себя, ты для выкормки кабана!

— Арбузы, яблоки, — мерами: винненькое, дешево, гражданин!

И шарахнется знающий: укусишь винненькое — челюстей не разжать, в пору сплюнуть да Мишке отдать.

Цыган ходит с Мишкой: малый Мишка, ребенок. Смокчет соску, заткнутую пробкой, барабанит по пузу, скулит. Объелся винненьких, заболел. И на травку спокойно ему не присесть. Вокруг толпа: Го-го-го! га-га-га! Как человек, сволочь, с покряхтом...

Поют слепые, за них ведет сбор инвалид. Наметанным взглядом определяя чин-звание:

— Гражданин, героям труда! Дамочка, старичкам убогим. И приглушенным словом: Христа ради, мамаша, упокой родителей.

Цветочный ряд. Букеты, фуксии, хризантемы, венки, веники. Тут и ящички с кресс-салатом. Тут пренаглейший парень: — гражданочка, дамочка, хоть алтын, хоть полтинничек, — за травник революции, за произрастанье вождей...

— Ври, да не провирайся!

— Гарантируйтесь на меня. На клумбах вождей пролетариата сам выводил, товарища Жореса сам состригал! Дамочка, гарантируйтесь на меня...

— Не хотитца — вам пройтитца
Там, где мельница вертитца.

Э... ух!

И гармоника, и мальчишки, и жулики.

Слева от башни в мануфактурном ряду развелись китайцы. Не оглянулись лари, как перегнул туда весь мужской покупатель. Набирает один на исподнее канифасу, почему-то вдруг хрюкнет от хохота, подтолкнет к прилавку другого прохожего.

По доносу сунулся милицейский. Постоял, посмотрел как китаец, не моргнув, шелестит, не понять что, на детском своем языке, строго вслух сказал:

— Наличности для штрафа не имеется.

Отошел милицейский — ан наличность тут-как-тут: китаец-то, детский свой шелест, да ка-ак прослоит!

Разворачивал товар мерно, выговаривал крепкое слово в линию бесстрастно и с точностью.

— Научился косой чорт по-нашему!

— Были тронуты, благодарны, роднились.

— Русским словом от интервенции защищается!

И у его революция!

— А на Хитровке, сам видал, тоже граждане, интервенция! Хитровка, ровно нэпманка — побелена и плакат: запрещается сквернословие... и кушин как у нас — для плевков...

— А кто заплатил, что плевал? Довольно себя уважая, плюй куда просит душа. А подобный, граждане, кушин — хорош для прочистки нутра...

И озорно подойдя к высокому узкоплечему кувшину, бесконечно повторяющему себя самого на всех площадях и бульварах, с надеждой поднять санитарный стаж города — Сашка-"стрелец", ровно тугой мяч в него кинул. Пригнувшись, ка-ак рявкнет в него это самое, что под штрафом воспрещается.

И кувшин, как заждавшийся, тотчас поспешно отбросил к ушам милицейского — густое, знакомое слово.

— Три рубля штраф! — сказал милицейский, и, свистнув другого, схватил Сашку за руку.

— Платить тебе за китайца, — грохочут кругом.

— Ах, мать-честна, уж "стрельчат" целый хвост, разыграют милицию!

Подбашенных жуликов невидимо вокруг Сашки, подмигнул он им и пошло; искра за искрой — пожар. На Сашкин штраф, значит, за канпанию.

— За что, граждане, именно поведен гражданин? — вопрошает запевало.

Ему спешно двое: за то именно поведен гражданин, что в кувшинчик сказал — выразился. И ка-ак хватят то самое...

А третий четвертому: ноньче строжайший запрет...

И опять по статьям — на что именно...

Милицейским всех не перебрать, здоровы черти, в чем путевом солидарности нипочем не добиться, а тут, словно мать одна родила: кроют.

— Пока до милиции добредут, отведет публика сердце, настроят этажей...

— Оправдают трешницу!

— Посвятили кушинчик-то... будут знать — ставить. Я, граждане, как тот товарищ, довольно уважая себя, повсегда рядом сплюну...

— Ой стрельцы, тетку Васиху взяли!

Визганули мальчишки, просыпались, как горох, на Гражданскую. Новые два милиционера, гордясь своим обхождением, вежливо под локотки, как щуку под жабры, тащили на извозца беспатентную тетку.

Жужжит рой: овощные, мясные, фруктовые... на свои скамьи встали селедочные, хоть и знают, вот-вот опять будет улов.

Любопытно как Васиха обкладывать станет... горласта.

Откуда ни возьмись из-за ларей монашка, и пока что без властей — успела торгануть и четками, и святостью, и самой тьмой египетской — и опять за галантерею...

Ларек к ларьку — обвешаны ситцами, узорным платком, веницейскою сеточкой, по окраинам еще модной.

— Гражданка, аккурат вашей дочке в фасон: в лоб звезда — лазоревый бисер, сзади косу вобрать, как рака в сеть...

— Бреши ты, калуцкая... не в сеть, на лучину, чай, рака берут!

— Лучина те в рот. На ворону на палую в сеть ходит рак.

И пойдут за рака в драку.

II

Victoria Regia

Совсем вблизи башни, трамваев, узорных ларей, по широкой улице, где в глубоких дворах приседают за густыми деревьями церкви, бывало посещаемые патриархом, раскинулся ботанический сад. Последнее время на его воротах то и дело торжественный и надменный плакат:

"Гигантская белая лилия, Виктория Регия, — расцвела".

Ходили к этой лилии экскурсии: мелкие, как плотва, октябрята, и веселые, с красным платком пионеры, и физкультурники в трусиках. Экскурсии задерживались, случалось, под башней скоплением вагонов Букашки, и яростно, по свежей выучке, не теряя времени, тут же старались те, что постарше, о ликвидации темноты.

Друг перед дружкой торопились раскрыть подбашенцам чудеса в ботаническом. Зазывали взглянуть на хищный цветок, жрущий муху, на листы регии, где встать может взрослый и плыть, как на плоту.

И ведь успели: сманили сапожников и селедочных, и ларек канцелярских принадлежностей — Дарью Логовну Птахину с Шурочкой.

Первые сходили сапожники, вернулись, ругались. Спрыснули Викторию Регию тут же в пивной, и обидно вдруг стало, что за свои деньги глядеть было — кот наплакал.

— Цветок промеж листьев, как хрен, один и не фасонист. Та-ж кувшинка прудовая, поздоровей, да махристей.

Дарья Логовна пропустила цветок и совсем было на сад махнула рукой.

Свое горе-забота у ней, так, на минуту ребята раззадорили, а то не ее вовсе и дело по садам бегать...

Но Шурочка, племянница, вторая ступень, пищит да звенит, как комар:

— Новый бутон у Виктории налился, пойдем бабинька...

Большая забота у бабиньки, а у Любиньки жизнь не стоит. Пошли. Радостно Любиньке пройти между столетних пиний и лиственниц

в отменном порядке увидеть цветущие клумбы, за ними горку с камнями и кактусами.

— Бабинька, вдруг двугорбый верблюд пробежит!

69

— Верблюду небось обучили, да без штанов парней бегать, а уж лучше-ль нас будете, еще погадаем, — ворчит бабинька, свою думу думает.

Ходили в оранжерею, теплую и приторную, дивились в мелких горшках расставленным хризантемам, сикламенам и примулам. Прикидывали, чтобы купить позаметней, да подешевле. И, нанюхавшись до чоху махровой гвоздики, ничего не купили: прошли к другому входу, где уже толкались загорелые, как арапчата, пионеры и, почему-то понизив от волнения голос, спрашивали: зацветет? зацветет?

И сейчас, как вчера, как все дни, отвечал бледноликий, суровый ботаник: — по всем признакам цвести станет завтра.

В большом бассейне оранжереи, тесно сходясь загнутыми ободками, плавали круглые, как подносы, листья. Посреди, словно родители над колыбелью новорожденного, два огромных бутона цвета нежной фисташки склонились над молодым, изумрудным и гофрированным листом.

— Лист, как войдет в силу, четыре пуда сдержит! — гордится сторожиха, по-нынешнему "техническая" служащая.

— Ах, объясните нам дальше, — просит Любинька, — вы экскурсий наслушались.

— Да все тут обыкновенное, и растет на своем месте... — польщена техничка, — а касательно листа, только глянуть с изнанки, и секрета нет. Весь испод в толстенных жилах, ровно канаты, а в них воздух и вдут. Держит его как на пузырях. Очень все просто и нечему вовсе дивиться!

— От нечего делать и ходят, — ворчит бабинька, — вот и я сдуру-то...

— А Любиньке и не уйти: вон меж стеблями снуют сотни мордатых рыбок, вон отдел карликовых, японских...

Дубу этому двести лет, с поларшина ростом, а могуч и развесист как взаправдашний. А над ним, в вышине, хищный цветок кувшинообразный, с откинутой крышкой, как паук муху ловит.

— Крышкой захлопнет, соком польет да сожрет. До пяти в день. Заглянуть вечером — одни лапки. Тьфу! — брезгливо плюет техничка. Плюет за ней следом бабинька; крестясь говорит:

— Последние дни... никогда цветы мух не ели. Георгина был цветок, фуксия, бальзамины. А мухоедного цветка чтой-то мы не слыхали!

Чайному кусту с чайным листом бабинька не поверила — в цибиках чай!

А на аптекарских травах, своих, деревенских: паслен, лен,

шалфей, да анис — вдруг расплакалась. Вспомнила молодость, тятенькин дом, встало живей горе вечное, затаенное...

Внучонка у бабиньки зять коммунист не крестил, а — вымолвить грех октябрил. Прочила бабинька внучку имя святителя мирликийского Николая, а вышло-то что? Не имя, а кличка, как псу:

— А-ван-гард!

Вот подступит боль к сердцу и зашепчет бабинька, хоть за ларьком своим, хоть в трамвае, хоть тут вот, над травкой родимой:

— Кому авангард, а мне Ко-лень-ка!

— Старушка-то у вас, гражданочка, больно замоскворецкая, на вечерние-б курсы ее, для слабо-грамотных, — говорит техничка, — вы это какого района?

— Пойдем до греха, пойдем Любинька, — пугается бабинька и тут опрос да отметка! Банька сегодня, лучше в баньку пойдем... Кому авангард, а мне Ко-лень-ка!

III

Всемирная баня

По субботам подбашенные ходили в баню. Была у них своя, излюбленная Всемирная баня, хоть стояла она не так близко, а в предместье, когда-то воспетом Карамзиным, ныне лысом, без чудесной березовой рощи, лишь обставленной пивными да бакалеей. Звалась баня в царское время "Дворянской" и владелец, стыдясь, без заминки перекрасить ее в "Интернационал", хватил Всемирную!

На мужской половине любили в ней мыться фальшивомонетчики. По каким-то особым приметам, в окончательно голом виде они изловляемы были ловкими агентами, на полке, в сладостный миг поддания пара.

Отдыхают во всемирной бане и дела вершат, кто какие: Евланов, Антип Аггеич, с безработным Тигрой свой фамильный ведет разговор. Есть у безработного имя, отчество, как у всех, с крещенных времен, однако и все и сам он забыл уже какие: Тигра и все.

Лют на выпивку, а за товарища — зверь. С Антип Аггеичем приятели.

— Дело, братец Тигра, — потоп, — жалобится Антип Аггеич, — как ни крутись — не вынырнуть.

— И-изложи дело-то! Тигра подзаикивал малость, и вдруг, захлебнувшись от слова, прядал космами черных волос, будто конь. И-изложи...

— Да за заставой, в монастырьке бывшем нарез можно взять — сходное дело. Квартиру в новой постройке отводят. Финляндского, слышь, образца, за пустяковый вычет. Знай плодись в ней с фамилией... три комнаты, воздух, удобство — все это нам подходяще. В фундаменте гвоздь... под фундамент, благо кладбище рядом, пустили ребята надгробия, древних покойников к строительству привлекли. Надгробье к надгробью процементили — чемоданами не разорвешь — первогильдейские камни... И как на грех, под самой под уборной моей Клаши тетинька. Золотые буквы — как жар, камень черный, арапский будто сапог после ваксы — горит. Он хоть боком подложен, а такой явственный... и не хочешь — прочтешь. Вдова второй гильдии... лет от рождения... в браке пребывания...

— К-клашина тетинька! — вспылил Тигра, — а ты не вяжись с бессознательным элементом.

— Да Клаша нашего корня, ей что. Ты нам мать обломай, "галантерейный ларек Бубиной". Она сейчас в женской парится...

— Салоп ей тетинька та оставила, ну и религиозные предрассудки: плачет — грех да обида, да покойница шнырять станет по дому. Клашке в квартиру въезжать не велит: — лишу, кричит, движимости! Разницы мало составит и без материного благословления нам вселиться, однако, "галантерейный ларек Бубиной" нам желанная движимость, и мы намерены с маменькой быть без скандалу. Выручай Тигра!

— Дело поправимое, — сказал Тигра. Второгильдейную тетеньку в позолоте в два счета с арапского камня скорпелкой хватить да зубилом стесать. Сами и стешем... а ты "ларьку Бубиной" забожись, как сукин сын, что это именно ей в уважение десятника подкупил из-под уборной надгробье чтоб вывести.

— По этой линии сам загибал, мало разницы, свое кричит: "Нипочем в этот дом Клашке не въехать, себя ей не заткнуть, а под уборной тетенькин прах в роде как попокоился. В случае надгробие-б увезли — все одно — место свято, в него ей не сходить...".

Задумался Тигра, пряданул волосами, сказал: — выходит дело много трудней. К нему требуется совокупный мой опыт, старого режима и новой, уже послеоктябрьской ориентации. Без сурьезной благодарности...

— За этим не станет... и галантереей тебя, Тигрушка, и спиртным. Сведи с тещей на мировую...

— А как у тещи с декретами? — прервал Тигра. — Берет ее печатное слово?

— Пужлива. Про передвижку часов ей как-то прочел, и то в слезы. В сундук слазила, где у ей для последнего часу.

— Отлично-хорошо. — Тигра видимо, как игрок, увлекся уже самим делом. Иди, узнай отпарилась твоя Бубина, аль еще на полку.

Сбегал Тигра к банщику. Банщик снесся с баньщицей — тут все знали всех. Принес весть: "ларек галантереи Бубиной" в предбанной, в общей.

— Ну, готовь выпивку, — сказал Аггею Потапычу Тигра, — иду теще леса подводить.

Скоро одевшись, Тигра взял свой знаменитый неразлучный портфель и пошел в общий предбанник на ловитву.

Всеобщий Тигра советник, еще с царских времен. По тончайшим делам. В портфеле копии-образцы успешно завершенного. И частного характера и с удовлетворением писанных Тигрою просьб — разнообразнейшим пострадавшим от самого военно-окружного суда.

Издревле заведено во "всемирной" и общей предбанной так: выходящие с женской половины, распарившись на полке до того, что в свое дыхание скоро им не войти, во избежание флюсных простуд и для последнего растворенья души поднеся Тигре что надо, обожают прослушать взамен бумажку-другую из его портфеля.

Особо ходких было две. Первая, еще военного времени, замечательно любимая молодыми — был приказ своей бабе-жене от солдата, получившего вдруг и Владимира, и дворянство, и чин офицера. Конец был такой:

".....Как с ноября месяца в наших жилах текет благородная дворянская кровь, то вы, наша супруга с простым званием не водитесь, а идите немедля в Гостиный Двор и купите себе каракулевую саку: на нее прилагаю — Алферов".

Бумагу вторую "девицу Ванду" любили старухи и мужами обойденные жены. В ней содержание и лица единолично рождены были Тигрой. Документ он ценил высоко и хотя знал над женщиной его силу, прибегал к нему в редких случаях.

73

Общий предбанник наполнился: вышли зеленые торговки, вышли последние, мыться им — не отмыться, селедочные. Ларек галантереи — Бубина давно отдувалась на диване. Женщина сырая, дородная, вся в жирных мешочках — глаза чуть прорезаны.

Отлегло у Бубиной, оттомилось в пару сердце, пришли мысли цветливые: долго-ль жить уж самой? Новых радостей не искать, все позади. Молодым теперь жить. Ну и пусть себе, как хотят. Одна треба: стариков не неволь. Окостенелый прут перегнуть — сломится!

На этих мыслях и благоволительном выражении лица словил Бубину хитрый Тигра, от души предложив прочесть вслух любимую ею "девицу Ванду".

— Вот, Тигрушка, угодил. Дорого яичко в Христов день...

— "Ванду" прочтет... понесли зеленые к фруктовым, дошло до селедочных — Ванду! Всем честь и место — широки скамьи во Всемирной!

И в сотый раз, подзаикивая и томно фигуряя голосом, прочел Тигра подбашенным торговкам старинного корня:

"В Военно-Окружной Суд... девицы, а ныне дамы Ванды Повзик — прошение!

....Некто, Франц Дуля, состоя в должности военного писаря, как кавалер, стал ухаживать за мною. Первоначально, ухаживания носили обычай симптоматического характера..."

— Сим-пто-ма-тический! — и вздохнул Тигра: вот слово. Да за него деньги стоит платить. Мало кто подобное слово и знает!

Тигра увидел, что зеленые передают фруктовым пару пива, что звякает то тут, то там мелочь, повел дальше голосом на распевку, как дьякон, возглашая ектению.

"....Озаренный любовью ко мне, в виду клятвенного обещанья о женитьбе. Ему было разрешено, в присутствии моих родителей, присовокупиться ко мне. Спустя правильный период времени родился мальчик, нареченный Ян Францевич, подразумеваемый Дуля. Между тем, обусловленный жених старший Дуля, начинает увертываться от своей виновности, пренебрегает день свадьбы и даже относится отрицательно своим плоцким вож-де-лением!"

Октавою возгласил Тигра, а предбанные ровно певчие хором: "все они этак-то... мужчина, что петух!"

Но покрыл Тигра хор басом: " — убитая горем и невольным сюрпризом, прихожу в отчаяние и никак не могу примириться с голосом совести Франца Дули."

И хор: "ищи кто помирится".

Опять Тигра: "- с клятвенным обещанием, тем, что послужило в залог несчастнейшей любви..."

— Клястись клялся, да с другой обвенчался!

"— Тем воспоминанием своей целомудренной девственности, навеки утраченной..."

— Снявши голову по волосам, брат, не плачут!

Захохотали было. Тигра прервал угрожающим завершительным звуком:

"....почему обращаюсь покорнейше в Окружной Суд присудить на воспитание его, Франца Дули, подразумеваемого сына, Яна Дули, ту долю, что значится в своде законов... а именно..."

Не дали окончить, со всех скамей распылались: еще-б не значилось! Ты носи, ты роди, ты корми!

"....На ряду с этим, принимая во внимание ценность личного целомудрия и растления, кои обусловлены в сельском быту в тысячу рублей, прошу присудить уже мне лично..."

— Что-то дорого — тысячу. У нас в Пензе дешевле стоило! Эк хватила, у нас вовсе задаром. Тише вы... кончай, Тигрушка!

"....Обожая себя и родителей моих, воспитавших меня столь прелестной для хитрого человека, прошу уважить сие ходатайство."

Бубина плакала. Голос спросил: "Что ж уважили?"

— Оп-ре-де-ленно! — сказал нагло Тигра. И ежемесячно и единовременно, за трудно-поправимую утрату целомудрия.

Пред Тигрой выросло пиво, пирожные, в кучке мелкие деньги. Одна за одной стар и млад зашептали ему в ухо про дела свои тайные.

Важно привстав, рукой отвел Тигра: очередь!

Но упершись взором в дверь, он увидел у выхода из мужской бани приятеля Антип Аггеича. Тигра пошел к нему, взял крепко за руку, подвел к рассыревшей от бани и чувств теще Бубиной. Вскидывая чубом, будто конь, и страховидно вращая глазами, Тигра выпалил торжественный манифест:

— В скорое время, едва обнародован будет декрет о сочувствии китайскому движению, всякое сопротивление, оказанное родственниками, включая обыкновенное словесное осуждение, — при вселении желающих членов в новые постройки, для пролетариата возведенные на надгробиях древнего стажа покойников, будут преследуемы по за-ко-ну!

Факт помещения надгробия древнего стажа покойников ориентируют фактом сочувствия Гоминдану, китайской народной партии. У китайцев, граждане, покойника полагают в изображение каменного разверстого ложесна, якобы в недро матери для легкости обратного хода откуда пришел. А полагая туда, гордятся немало подобным местом. Но ежели это по-русски назвать — то это позабористей, гражданка Бубина, чем нежели уборная, вас оскорбившая при посильной услуге ей бывшими предками.

— Что ты, Тигрушка, — бледнеет Бубина, — после пару поплакать охотка, и от декретного тело дух не примает... разве я что? Я ничего.

— Твое "ничего" — означенье несочувствия к эксплуатации надгробней, ревет Тигра. — А хочешь за "ничего" — запрещение торговли в ларьках? Без промедления и отдай дочери Клавдии движимость! Едва выйдет декрет, ни малейшей помощи, гражданка Бубина, во мне не ищите, ваши чувства к надгробиям полны лжепредрассудков белой гвардии!

— Дам и движимость и нерушимое... плачет Бубина, — одно лишь уволь: самой чтоб в подобный дом ни ногой!

— При свидетельстве отдачи движимого увольняю! Как поп, разрешил Тигра и соединил руку Бубиной с рукою Антипа Аггеича.

IV

Пятый зверь

Николаю Тихонову.

Варан из Туркестана, — читал Хохолков, — небольшой экземпляр в один метр длиною, родственная ему порода достигает в Южной Африке двух метров. Обладает сильно удлиненным телом семейства ящериц, относящихся к подотряду... питается насекомыми, яйцами крокодила...

Рассеянно окинув стеклянную коробку с электрической горящей, лампочкой в 100 свечей и огромным градусником с синим столбиком, взбежавшим до цифры 12, Хохолков собрался итти дальше, как вдруг ящер варан медленно повернулся и поднял голову.

— Шаляпин в Юдифи... сказал художник Руни и перестал рисовать свой альбом. При каждом шаге ящер выбрасывал и ставил лапу на пять твердых когтистых пальцев так внезапно, с такой безумной, ассиро-вавилонской сдержанной властью, что слабо вякнули на лапах золотые браслеты и из варана — возник олоферн.

Ящер нес на зрителя свою тяжкую крокодилову морду. Рот был приоткрыт, почему-то набит желтым песком. От презренья не сплевывал. Глаз необычайный тысячной древности индусского мудреца вдруг мигнул белой пленкой и метнул стрелу жестокую, неуклонную, как смерть.

— Какой громадный, как страшно... шептал не отрываясь мальчик.

Новый зритель, еще не глянувший на варана, как только что Хохолков читал скромный его формуляр: небольшой экземпляр в один метр длиной...

Но глянув вниз, под лампочку и синий столбик термометра, воскликнул:

— Чорт знает что, ведь и вправду громаден!

Варан, выбрасывая лапу за лапой, чуть шурша по песку желтым брюхом, не сгибая вознесенную, забитую песком морду, слепя жестоким белым веком в крайнем, в бешеном напряжении несся на зрителя. Оторваться от него было нельзя — он чаровал.

Конечно, Хохолков разумом помнил, что это безвредный ящер, что рядом в помещении рыб сидит подлинно-опасный аллигатор, которому по учебнику и Майн-Риду полагается жевать негров и оставлять "кровавую пену на водах Замбези". Аллигатор был громаден, зубаст, но хоть за ним числилось то и это — страшного впечатления он не давал. Он за стеклом смирно спал, как корова, выпустив зубчиками, будто кружево на детских штанишках — наружный ряд белых и острых зубов, челюсти верхней на нижнюю.

Страшен был этот... дракон тысячелетий. Похититель прекраснейших дев, грозный враг рыцарей-крестоносцев, воспетый поэтами, убитый

Зигмундом и Георгием победоносным — сейчас "небольшой экземпляр в один метр длиной" — варан из Туркестана.

Презирая свою лампочку в сто свечей и термометр с синим столбиком на цифре двенадцать, презирая глазевших на него — ящер шествовал. Вот он вплотную у стекла, вот стукнул в стекло приоткрывшейся пастью, вот дрогнул, осел...

Напряжение зверя вперед так было могуче, что в миг перекинулось зрителю. И зараз Хохолков, Руни и пионер в красном платке воскликнули:

77

— Дракон полетит!

....

...Ну да, это было бессмысленно, я совершенно с вами согласен "никаких, даже зачаточных крыльев", говорил Хохолков наутро в редакции "Красного Детского Мира", излагая редактору конспект своей повести о варане, но клянусь чем хотите, нам казалось, что он полетит...

— Ерунда, оборвал редактор, ничего не должно казаться без достаточных оснований. Чистейший романтизм...

— Ничего подобного! — сдерживая собственные слова, крикнул по-уличному Хохолков. Я сам уверовал, что бытие определяет сознание, что интеллигентский подход пора послать к чорту, но поймите же и вы, что переменам подлежит применение энергии, а законы ее восприятия требуют лишь углубления и развития! Разрешите, я вам дам серию "Красный Зверинец", где заражу ребят, как художник, конденсированной силой зверя, выдвину могущество воли, независимость энергии от внешних данных... посудите, сколь педагогичен прием! Поднятие высших свойств человека одновременно с развитием его вкуса и мысли...

— А портфель из него выйдет? — пресек Хохолкова редактор.

— Из кого? — отступил Хохолков.

— Да из этого вашего... из варана?

— Ящер небольшой... один метр, не широк в диаметре, — забормотал было Хохолков. — Но вы меня не так поняли, вероятно, я не сумел, но в рассказе все выйдет... В том-то и секрет ящера, что впечатление громадности отнюдь не подтверждается его размерами, а целиком идет от его неистовой воли к жизни. Отсюда не только полезные, прямо скажу, чисто советские выводы... художник Руни сделает иллюстрации.

— Не подойдет варан! — хватил редактор, пусть иллюстраций не делают. Рассказы про зверей нам нужны без надстроек: производственные, промысловые. Ну, а как портсигар? Может выйдет хоть он? Да вырежьте кожу варану вокруг брюха цилиндром и, держась на советской платформе, заставьте какой-либо коллектив поднести ее в день юбилея портсигаром совработнику или рабкору, или иному общественно-нужному деятелю. Ведь, выйдет же портсигар? Ну, каков диаметр живота?

— Я не прикидывал... смутился Хохолков. И вдруг вспомня как надменно выбрасывал варан лапы, как от него веяло историей, ископаемым, Ассиро-Вавилоном, тысячелетием — резко сказал:

— Нет, я не стану вырезывать портсигара!

— Воля ваша, — пожал редактор плечами, — ни романтики, ни философии... искусственный подход...

— Ну это уж извините, — вскипел Хохолков. Пионер, с красным платком ничем не подученный, уж он непосредственно... а как крикнул-то: "По-ле-тит!" Хотя видел, поймите меня, он видел, что нету крыльев, что стекло впереди.

— Сын интеллигентных родителей, буржуазный атавизм...

— А если сын рабочего? А наши художники кто? А не угодно ль сапожника Якова Беме...

Редактор прервал Хохолкова молчаливым указанием на плакат:

— "Время деньги, — посторонними разговорами не задерживать".

....

Хохолков получил перевод и со злобою на редактора "Красного Детского мира" неделю напролет переводил чужие слова, ощущая безмерную свободу собственной личности, которой не приходилось ничем поступаться.

На второй неделе перевод надоел. Как червь засосала тоска убивать целый день на чужое, когда свои глаза умели смотреть, свои мысли и образы лезли взапуски на бумагу...

Хохолков бросил перевод, кинулся на трамвай, вон, за город.

День был чудесный. Почки на самых поздних деревьях раскрылись и только ждали дождя, чтобы зазеленеть и запахнуть вслед акациям и черемухе. Земля дышала: черно-лиловая, не утоптанная сапогом. Вдоль рельс бежали свежие травы и в них то желтел, то голубел первый ранний цветок.

А в вагоне, как водится, ссорились. Гражданин выговаривал кондуктору, зачем он переулок двунадесятого праздника не именует "безбожным", не принимал извинений в беспамятстве, стыдил горько и кротко: — из-за чего же революцию делали?!

Гражданка позвала свою годовалую дочку, убежавшую к Хохолкову на площадку без никаких сокращений звучным именем "Кlaraцеткин".

— Она у нас не крещена, она октябрена, не без гордости сказала гражданка соседям и отхлопала бедную Клару.

— Октябришь по-новому, а бьешь-то ее по-старому?

И сцепились бабы, пока трамвай всех не выбросил к синему

озеру, к музею-усадьбе, где на воротах гладкие, мелкие львы элегантно подняв лапу приглашали войти. Но экскурсий еще не пускали и наблюдая чистку дорожек и ряд по-летнему забелевших в зелени статуй можно было подумать, что нет в стране перемен, и "люди" чистят усадьбу для старых хозяев-князей.

Хохолков обошел озеро, подразнил гуся, наломал в мохнатых баранчиках вербы, долго бессмысленно смотрел на легкое весеннее небо, как пес нюхал сырость, тянуло бродяжить. Сколотить сумму червонцев и айда...

Понесся обратным трамваем домой, кончил к утру перевод, подсчитал гонорар: доехать до Тулы, съесть фунт тульских пряников и назад. Но ему ведь хотелось за Тулу.

Пошел по знакомым редакциям подряжаться на работу с "авансом".

— Дайте нам роман "Газовый", мы возьмем...

— Да помилуйте, я по химии всего "аш о два". Хорошо, если двойка на месте...

— Пустяки, за лето подучите...

Но Хохолков хотел летом бродяжить. Один ему ресурс: аванс под "Красный зверинец", тянули звери, как лес, про зверей он напишет шутя.

Хохолков пошел опять в Зоосад с строгим решением досмотреть про зверей цензурно: производственно и промыслово. К варану держался — не шел: — ну его к чорту, опять полетит, когда ему надо пешком...

Пошел Хохолков к зверю трезвому и простому, без двойных мыслей громадному. К индийской слонице, беременной слоненком первый год. Ей предстояло детеныша продержать в себе еще год и она стояла, как дом, с тяжко распертыми серыми боками. Пред слонихой — что грибов, было просыпано первой ступени экскурсантов. Веселый руководитель громко и бодро делился с ними познаниями и говорил о слонах как-раз то, что требовал детский редактор: производственное и промысловое...

...вымиранью слонов много способствует человек.

Он уничтожает слонов ради их бивней, дающих ценную слоновую кость. И по бумажке руководитель прочел:

Дневной рацион слона . . 4 пуда 15 фунтов.

Сена . . . . 2 " 20 "

Хлеба ржаного . . . . 20 "

" белого . . . . 10 "

Моркови . . . . 10 "

Картофеля . . . . 20 "

Хохолков схватил карандаш и стал записывать, чтобы дома на точных данных создать педагогически-полезную авантюру.

Слониха во время речи инструктора просовывала сквозь прутья решетки свой хобот серый, длинный, как кишка для поливки тротуаров, выворачивала его и шевеля пальцеобразным присоском просила еще и еще для слоненка, распиравшего ее бока. Она давно съела свой четырехпудовый рацион и ей было мало. Мальчики ей протянули принесенные булки. Слониха, деликатно свернув хобот, отправляла булку, как в печь, в аккуратную темную пасть без бивней. Затем, словно быстро сморкнувшись, прядала хоботом в бок, и вот уж опять шевелила далеко за решеткой пальцеобразным соском, прося новой пищи.

Мальчик первой ступени протянулся вперед, рассмотреть бы получше слоновый присос; слониха, как бы одобряя, с нежнейшей, материнской повадкой вмиг обгладила его нежным хоботом, обцеловала вокруг головы, мягко, внезапно сняла с него шапку, взметнула дугой хобот, и не поспели ахнуть, убрала шапку в рот. Мальчик пождал, пуча глаза, и взревел... инструктор кинулся к сторожу.

Сторож, как былой крепостной человек, изучивший до скуки причуды господ, не двинулся с места, сказал: сожрала!

— Может-быть, ее вырвет моей шапкой, она ж грязная, пропотелая... словно просил передать слонихе сквозь слезы мальчик. Я подожду!

— Жди себе, только задом ли, передом пойдет из нее твоя шапка — ее, брат, тебе не узнать. Аминь головному убору!

Веселый инструктор сказал мальчику: "- брось, Миша, плакать, ничего тебе не будет за шапку, обвяжем платком и пойдешь. Гляди-ка скорей на слониху, ишь, что надумала!"

Слониха из угла брала сено, и как тургеневская девушка косу, грациозно откидывала хобот за спину и густо посыпала себе сеном весь хребет и голову. Потом она деловито, с удовлетворенным чувством долга смотрела вокруг маленькими, по-человечьи умными глазками.

— Воображает себя в тропиках, — сказал руководитель, — там защищаясь от москитов, она должна себе набросать на спину и голову листьев.

— Не сердись на нее, Миша, подумай, какие ей бедной здесь тропики? Она может сделать в клетке всего два-три шага. Тут не то что шапку, целиком проглотить тебя впору. Пойдем-ка за ней лучше в Индию...

И веселый инструктор в миг вырастил пред ребятами девственный лес, заткал его сверху до низу лианами, напустил обезьян, попугаев, заставил вдали рычать тигров, и разделяя грезы юной слонихи дети с ней вместе попали в Южную Индию...

....

— Судите сами, это ль не новая педагогия! восхищался вчерашним инструктором Хохолков, в редакции "Красного Детского мира". Я полагаю разница есть, топором ли рубнуть: — человек от обезьяны... Или найти подход внутренний, психологический, породнить ребят с каждым зверем, установить общую великую связь всех животных... отсюда смягчение нравов, расширение кругозора, так сказать, вселенский ин-тер-на-ционализм! Если хотите, это даже своеобразная и более действительная борьба с религиозными предрассудками, чем обухом по голове, как...

Редактор прервал: а шапка, которую съела слониха? Шапку, спрашиваю, ваш веселый руководитель возмещать будет из своего кармана или из сумм Рабпроса и иных? И что это, извиняюсь, за балда, который не учит ребят держать демаркационную линию? Де-мар-ка-ционная линия, за которую не достигнет ничей хобот, а прогулка в тропики, к полюсу, к чорту — потом. Вот новая психология, ее и давайте! Однако, рассказывать вы умеете и вот вам совет: присмотрите себе зверя, который не пробуждает в вас романтики и тому подобных, историей брошенных в хлам, сантиментов. Ну, мало-ли кровожадных, несомненнейших, реальных хищников — тигр, удав... это вам не варан!

— Тигр и удав? — подпрыгнул радостный Хохолков. Да чорт побери, как я мог позабыть... и не прощаясь с удивленным редактором, он стремглав летел вниз по лестнице, бросился в дальнего хода трамвай.

Блаженно улыбаясь, Хохолков стоял на площадке, мысленно шествуя по полям и лесам, куда он вот-вот попадет на аванс детской книжки. Тигр и удав... ну, конечно, они.

За заставой, рядом с бывшим монастырем, ныне Детдомом, жил старинный приятель Хохолкова, естественник, сын знаменитого путешественника. У них в доме жил живой тигр.

— Не знаю, как с тобой быть, — сказал естественник Хохолкову, узнав в чем его дело, — моего знаменитого старика нету дома и он приказал без себя к Степе чужих не впускать. Он нездоров.

Степа и был тигр, привезенный ученым путешественником из Азии. Он прожил всю жизнь в зоологическом, а под старость был снова взят первым хозяином.

82

— Ах, впусти, — сказал Хохолков, — я, как собака, хочу на простор, а редактору вынь да полож детский рассказ про несомненного хищника, без сантимента и поэзии. Степа тигр — ergo кровожаднейший:

— Ну, как тебе сказать, — замялся естественник, — кровожадным он когда-то, разумеется, был. Но за эти голодные годы, когда его с охотой выдали нам из зверинца... ну, посуди, чем могли мы его накормить? Голодали сами, вегетарьянствовал он. Короче скажу: тигр пристрастился к вареной картошке и сейчас уж иного не ест.

— Как, — вскричал Хохолков, — тигр — вегетарьянец! Скажи еще — теософ?

— Да пожалуй себе, — ухмыльнулся естественник, — к старости зверь до того подобрел, что, вообрази, нам приходится защищать его от обыкновенных домашнейших кошек! Спят в нем, как в шубе, чуть встанет раньше, чем им угодно, царапают морду, кусают.

— Да вы ему зубы, что ль вырвали?

— Все налицо и клычищи и бабки. Зевать станет — Азия.

— Так чего же это с кошками?

— Подобрел... да и мы же его как родного, вот и он. Не поверишь, сестренка простыни ему подрубила наметила красным. Да ничего, отец и не узнает, пройдем к нему. Только молчи, больно он шума не любит. Стеклом в кухне порезался, лапу себе рассадил.

Естественник провел Хохолкова по коридору, открыл дверь. Комната с высоким в решетке окном была совершенно пуста. В ней пахло, как в зверинце возле хищных зверей. В углу на матрасе, покрытом белой простыней с крупной меткой "Стена", положив на подушку перевязанную лапу лежал тигр.

Насторожа уши, он на миг весь спружинился, но узнав студента забил, как собака, хвостом и дрогнул в улыбке седыми усами.

— Пей, Степа, — поднес естественник молоко и стал гладить полосатую голову.

Из-под тигра прыгнула черная кошка и на белом зеркале молока замелькали два красных языка, один большой тигровый, другой мелкий, побыстрее кошачий. После молока тигр принялся за картошку. Всунул в миску морду, набрал полный рот и стал шамкать лениво и бережно, отряхивая здоровой лапой усы. Потом он лег мордою на подушку.

Естественник подсел к тигру на корточки и принялся чесать ему, как коту за ушами и горло. Тигр опрокинулся на затылок, мурлыкая, зажмуря глаза.

— Сволочь, не стерпел Хохолков, забыл джунгли и волю, нажрался картофелю, как свинья! Где же искать теперь хищника, чорт возьми!

— Чего ты ругаешься, — сказал естественник, по-моему так с тигром тебе повезло. То, как он разрывает добычу являясь "бичом бедных индусов" — давно скучнейшее общее место, детям гораздо интереснее и полезней узнать, что нет той свирепости, которая не побеждалась бы добротой. Озаглавь рассказ "Мудрая старость"...

— Христианские дрожжи! нипочем не примет редактор. Одна надежда — удав. У твоего отца, мне помнится, есть товарищ — оригинал, у себя держит в комнате...

— Пантелей! Ну, еще бы... однако уходи вон на цыпочках, Степа спит.

— Пантелей — это кличка удава? Да неужто, воскликнул близкий к отчаянию Хохолков, не нашлось более гордого слова, чтобы выразить ярость мускульной силы царя пифонов? Пан-те-лей?

— Уменьшительное — пентюх... и так зовут его всего чаще. Ты как глянешь, сам назовешь. Вообрази, до того ленив, старый пес, что не желает сам выползать в ванну, говорит: пусть несут! Профессор ему держит голову, жена, сын и дочь тело — четыре метра, а? Недурен кабель. И все это плюх — в молоко.

— Молочная ванна? Удаву, как красавице Кавальери!

— Ну да, не то его шкура зверски воняет, этакий специальный удавий смрад. Он на родине привык об траву особую боками тереться, в неволе замена ей — молоко. Каждые две недели ванна.

— Чорт знает что! Шехерезада какая-то, — оскорбился Хохолков. Хотел заработать на удаве, а в результате, чего доброго, его же помои сам пью по утрам с кофе да деньги молочнице отдаю. К чорту нэпманов! Небось не зарегистрирован этот удав?

— Зарегистрирован, как учебное пособие... да ты не шуми, разбудишь тигра, сам понизил голос естественник. На показательные уроки Пантелея развозят в пробковом футляре, чем и окупаются его молочные ванны.

— А площадь? — вспыхнул еще Хохолков. При подобном уплотнении пифону дать площадь?

— Успокойся, Пантелей спит под постелью профессора.

— Вместе с ночными туфлями и прочим... да это кто же напечатает? Это, брат, хуже мистики! Это чорт знает, что за быт!

Хохолков схватился за голову, потом плюнул в сторону

тигра и помчался опять стремглав в Зоосад с последней надеждой впечатлений от хищников...

В Зоологическом Хохолков не стал приставать к сторожам, как обычная публика, — где именно сидит тигр? Он выучил план наизусть.

На быстром шагу в полглаза вбирая в себя хищных птиц, одних до-нельзя похожих на царских жандармов, других высокоподнявших мохнатые плечи, как дагестанцы в бурках, несомненно скрывающих где-то кинжалы, Хохолков себя удерживал всячески от романтики и сопоставления с человеком: "Ленгиз запретил зверям разговаривать". Сопоставишь — он зверь и пойдет...

Пустой и легкий Хохолков стал пред клеткою тигра. Тигр сидел на поджаром заду как собака. Глянув на Хохолкова, он подтянул к седому носу усатую губу, обнажил розовые десны, ослепительно белые зубы и, разинув пасть до опасности разодрать свое горло, стал зевать. И не раз и не два... Зевал за совесть, будто для этого дела он только на свете и жил. Хохолков не выдержал, зевнул было тигру в ответ, но тут же опомнился и сказал гневно сторожу:

— Что это у вас тигр больной?

— Без дела что же ему... и прикрыв рот рукой сторож сам стал зевать не похуже.

Хохолков побрел к удаву.

"Тигровый питон. Python molurus. Живет в Индостане и на Цейлоне. Достигает 4 метров. Самые большие могут съесть добычу весом в 2 пуда".

Удав среднего размера так забился в угол клетки, что за деревом Хохолков его еле нашел. Он готовился, видимо, линять, и заранее, чтобы его не трогали, сделал вид, что издох.

— Пантелей! обругал Python'а molur'уса Хохолков. Отойдя подальше, он сел на скамью и задумался. Раздражал запах конюшен зверей; неудержимо хотелось, как и им, на простор.

Вдруг кто-то сзади стал нежно, но настойчиво, тюкать в спину Хохолкова. Он обернулся, подскочил. Прекрасный чернобархатный бизон толкал его мордой и тотчас, подставив лоб, умным и туповатым взором просил почесать его. Не дождавшись ласки бизон просунул между прутьев мокрые ноздри и высунул красный язык.

— Сахару хочешь, мерин... зашипел в бешенстве Хохолков. — С этакой крутой башкой да с рогами. Тебе-б затоптать, тебе-б забодать! А он са-ха-ру...

И окончательно не доверяя старой классификации зверей, перевернутой вверх дном аршинным безвредным ящером и позорной обломовщиной искони-хищных, уже без всякой "темы", ни на что не надеясь, Хохолков стал за свои деньги досматривать Зоосад.

Перед огромной клеткой павиана толпился народ.

Павиан, чуть присев, сноровисто чистил морковь, ловко зажав очистки в старчески-темную руку, с прекрасными овальными ногтями.

— Профессор Капченко... прошептал Хохолков — и его труд "бесконечно-малые". И точно. Павиан был профессор Капченко-математик. Или наоборот. Рассеянные, страшно умные, вглубь ушедшие глаза, сутулость, чуть падающие штаны — эти присевшие мохнатые ноги. И свобода мышления до полнейшей безобразности — эти две, символически-беспринципные ягодицы под хвостом, то красные, то синие... И, конечно, очки.

Павиан окончил морковь и, держа в напряжении крепко зажатый кулак с кожурой, глянул на публику, уперши длинный нос в мохнатую грудь, точь в точь, как глядят математики сверх очков, ленясь их себе вздернуть на лоб. Профессор Капченко...

Павиан подошел вплотную к решетке с глазеющей праздной публикой и, просунув ловкую темную руку между прутьев, с силой выбросил всем на головы морковную кожуру. Потом, покряхтывая и чуть топчась на месте, он сделал в публику еще худшую непристойность.

Павиана ругали по-русски так злобно, как ругают лишь вора с поличным. И ругавшие, ну не мог не видать Хохолков, хотя и запрещено, но до того стали, как тот... ну хоть в клетку. Требовали сторожа наказать обезьяну.

Сторож нехотя просунул в клетку железную пику, Павиан отскочил и, презрительно фыркнув, ушел с достоинством на самый верхний сучок своего клеточного дерева. Там, закрыв глаза и качаясь, погрузился он в созерцание "бесконечных и малых".

Хохолков двинулся к грызунам, где прицепился с мальчишками к жирному кому-Сурку. Зверь лежал в клубке без конца и начала, и хоть тресни земля крепко спал. Озираясь на сторожа, мальчишки кололи его нарочно взятыми чулочными спицами, он чуть двигался и опять заплывал. Хохолков просунул руку и, что мочи, ущипнул зверя. Сурок даже не фыркнул, вместе с сеном, в которое зарыл морду, перевез медленно вглубь свое жирное тело. Что с него было взять? Округлился, закончился... Против морских львов у бассейна Хохолков увидал вдруг художника Руни, рисовавшего в свой альбом. По этому признаку определив, что значит там интересно, Хохолков подошел.

Руни зарисовывал двух фламинго.

Египетские священные птицы стояли геральдически симметрично, повернувшись лицом к стене, каждая за трубу отопления засунув длинный свой нос. Изредка они нервно вздрагивали чудесными розоватыми крыльями на красной генеральской подкладке. Выходило, что они отвернулись нарочно, не желая глядеть на воду.

Рядом с художником Руни, сторож, приставленный к "аистообразным", не спуская глаз с фламинго, крыл их отборнейше.

— Ну, за что вы? — спросил Хохолков.

— Тоже нэпманы и буржуи, почему классовый гонор? Перевели их сюда, а они с кряквами, вишь, не плавают... а заплошают, так я-ж отвечай!

По широкому каналу вперед — взад шныряли, ныряли, крякали, дрались и шумели, как торговки в базар — нырки, шилохвостки, чирки, широконоски и прочий утиный дрязг.

Они клевали кучами на помосте, судачили, ткали сплетню, ругались отверстыми красными клювами вплоть до угла с отоплением, где, как геральдические изваяния, фламинго из Египта, гордясь розово-пурпурным оперением, безмолвно страдали, но не шли в оскверненную утками воду.

— Покажу я вам классы... и сторож пошел к отоплению, силком столкнуть в бассейн норовистых "аистообразных".

....

Хохолков, в приемный редакторский час, с тоской глядя в окно на черемуху, как невесту убравшую себя в белый убор, последнюю делал попытку устроить свой "Красный Зверинец".

.... Допускаю вы правы, товарищ, если Ленгиз запретил зверю слово, то уподобление его человеку — по существу нарушение, профессор Копченко отпадает. Но фламинго, но кряквы? Разве не сильнейшее оружие логики вскрытие всюду однородных законов? Эта классовая гордость птиц......

Редактор вспылил: под пером не марксиста, — ударил он, — подобная тема, товарищ, бледна. Удивляюсь немало, вы получали академический паек, а про зверя не можете без никчемных надстроек. Никак уже с четырьмя сели в лужу? Ну вот вам последнее снисхождение — попробуйте пятого, элементарнейше дельно, хоть так: живет, умирает, удобряет

87

землю... ну и там что-нибудь из копыт. Эх вижу я, не будет вам летнего отдыха!

— Ложь, — закричал вне себя Хохолков, — ложь будет мне летний отдых, я пя-то-го зве-ря нашел!

Салтычихин грот

В этом подмосковном поселке отцы торгуют. Давно обсиделись на льготно закупленных в военное время нарезах. В первые годы революции порастрясли было мошну, а уж сейчас ничего — оперились.

Открыли кубышки, пообстроились, заборами обнеслись, георгин насадили. Ходят к обедне в двухэтажную церковь: зимой в теплый этаж, летом — в холодный. И цель жизни нашлась — подсидеть кооперацию.

Новый быт не то чтобы приняли — прижились, как половчей. Поначалу прокляли было двух-трех дочек за совбраки, да умом пораскинули и скоренько смирились: бездетный брак, что холостой выстрел: пугнуть пугнет, а вреда не видать.

И подмигнет, подтолкнет отец отца: опять-таки эта "охрана материнства от младенчества!".

— Пусть советится, пока зелена, пробьет срок — выглядит себе кого путного; а очистится с ним по-церковному, с благословением оброжается можно зятюшке и дела передать...

И сыновьям в комсомол отцы идти не препятствуют. Не ровен час, заявят куда надо сыновья о бессознательном элементе в семье... Ведь пронесли уже где-то плакат:

"Долой бывших родителей!"

Лавочники народ кастовый, носы у них с набалдашинкой, пальцы пухлые, что личинки майских жуков. Пальцы наметаны товар с барышом принять и отвесить себе без урону...

Два мира в поселке, и не только в поселке — в каждой семье. Да вот хотя бы Творожины сестры:

Зоечка, довоенного -времени перестарок, да подросток Ирка — пионерка.

— ...Ручаться за то, Зоечка, что она ела именно женские груди и младенцев, я вам не могу, но удостоверено исторически:

Салтычиха загубила более сотни своих крепостных. Она жертв своих била скалкою до собственного изнеможения, а гайдуки при ней добивали плетьми...

— Ужас, ужас, — пищит Зоечка, — а про ужасы я слушать совсем не хочу.

И вот же неправда — Зоечка ужасы очень любила: в кино бегала на "Кошмар инквизиции", на "Застенки царизма". Но ведь ей этот внезапный знакомый показался из тех, ну, из прежних, которым так нравились девушки у Тургенева.

А Петя Ростаки, освеживший для собственной цели в исторических справках нужный ему материал, с удовольствием продолжал:

— Доносы на Салтычиху были столь многочисленны, что обратили наконец внимание Екатерины. Приказано было выставить ее на лобное место в саване. На груди у ней было написано: "Мучительница и душегубица"...

И опять Зоечка:

— Ужас, ужас...

— Салтычиху заключили под своды монастыря в подземную тюрьму. Пищу давали ей со свечой, и когда народ жадно кидался к оконцу, она дразнилась языком и плевалась. В старости стала непомерно толста, что не помешало ей завести роман с тюремщиком. Просидев тридцать лет в склепе, похоронена в почетном Донском монастыре. Кряжистая баба. И вот, попрошу я вас, Зоечка, дополнить мои сведения современностью и показать, что же осталось от древности в дни аэропланов и Советов?

Голубым глазом Зоечка глянула вбок, дерганула плечиком и, жеманясь, сказала:

— Пойдемте в парк, я вам грот покажу. Но почему вы так хорошо знаете историю?

— Я исторический романист, — сказал Петя Ростаки, — псевдоним мой Диего, зовите меня этим именем.

— Диего, дон Диего... ах, это звучит...

Петя Ростаки почти не соврал. Он пока дал в газетку содержание двух кинофильм, но он собирался начать отдел "Подмосковные вчера и сегодня", для чего и приехал в былое поместье злободневной сейчас Салтычихи.

Петя Ростаки за время революции хорошо прирабатывал наклейкой резины к дырявым подметкам. У Пети припрятан был клей довоенного времени, и благодаря ему подошвы отдирались много поздней, чем при их подклейке советским клеем профессионалом, ассуром.

Но клей довоенного времени у Пети весь вышел, а сердечное увлечение выгнало из удобной квартиры дядюшки в сквозной чужой коридорчик.

Когда фининспектор по доносу о подклейке калош зачислил Петю в кустари-одиночки, дядя, крупный совслужащий, сказал ему: "Каждая сила действует в своей категории. Твои же дела болтовня: регистрируйте журналистом!"

— Изучив прошлое Салтычихина грота, я приехал сюда за

красками современности, — сказал Зоечке Петя Ростаки и шаркнул — Предполагаю получить эти краски от вас.

Изогнувшись всей своей серенькой летней парой, сверкнув на солнце желтыми ботинками, Петя сорвал во ржи василек и галантно поднес его Зоечке, а шедшая сзади Ирка-пионерка подумала про себя: "О-го! У Зойки старорежимные фигли-мигли".

На перекрестке парочка свернула в парк, а Ирка к реке.

У Ирки на плече было мохнатое полотенце, она шла купаться.

Хотя она то и дело кидалась через канаву нарвать налитого белым соком овса" чтобы сжевать его набок, как лошадь, — она попутно, настороженным пионерским оком, не упускала ничего.

Еще издали, заприметив мальчика с таким же, как у нее, красным платком на шее, она, как ружье, вскинула над головой правую руку с пятью смуглыми пальцами в знак того, что она и в эту минуту, когда идет купаться, как и в прочие минуты своей жизни, готова освобождать все пять стран света от гнета мирового капитализма — В звене доклад "Детдвижение", смотри, Крамков, не ужиливай!

Вздымая пыль крепкими пятками, показав тоже пять пальцев, Крамков пробежал дальше, а Ирка заторопилась к пруду.

Она купалась тедерь на закате, потому что утром, когда нагрянут все дачницы с детьми и с полосканьем своих комбинешек, всякий раз, хочешь не хочешь, заварится склока.

— Полоскать частное белье в общественной воде — это, граждане, антиобщественно и антисанитарно!

Ирка ненавидит кружевные буржуйные комбинешки.

Старые дачницы злятся и как помнят ее еще годовалою, то обидно язвят:

— В мокрых штанах тебя видели, тоже большачка!

Оно, конечно, Ирке надо бы с заявлением на дачниц идти дальше, к самому поссовету, да связываться с ними, с комбинешками, недосуг — вот и решила купаться в пруду на закате.

Не до дачниц Ирке сегодня, на днях событие в звене: сместили вожатого за то, что "бузил" вместе с звеном, и сегодня новая вожатая, Клаша Копрова, выступает в первый раз.

Ирка быстро разделась и, ежась от холодной воды, отчего худые лопатки затопырились как крылья, медленно выбирая подошвами песчаное крепкое дно, шла до тех пор, пока ей было по горло, потом вдруг, выбивая фонтаны, кинулась плыть к камышам. Там, сорвав банник, бархатную щетку вокруг твердого стебля, она взяла его в зубы.

Лежа на спине, как плавниками трепыхая чуть-чуть кистями руки, не выпуская из зубов банника, Ирка смотрела, как розовеют барашки, оттого что бегут над ней в небе прямо в закат. Вышла на берег, а там опять дачницы. Хоть и не купаются, а так, зря натолклись, на пруд поглядеть. Ну молчи, коль любуешься, а то разговоры... да о чем! Все ворчат, все корят молодых: на проезжей на дороге загорать полегли!

— Советские нравы... обучили кого в трусиках, кого — "долой стыд!".

— А прежде-то? И рада б иная попышней, чтобы мужчина в щелку в купальной на нее посмотрел, — а он в щелку и бамто стыдится, разве что в бинокль из кустов.

— Сейчас оба пола сравнялись, безо всякой без разницы живут.

Мелькнули в березках: голубая в оборках Зоечка и серая пара, желтые башмаки — Петя Ростаки.

И сейчас дачницы Папкова, Чушкова, Краузе:

— Кто с Зоей? Чей он? Откуда?

— Мы в одном вагоне из Москвы ехали. У меня сидячее место, а они себе на площадке знакомились, — закумила Папкова.

— У теперешних просто: раз, два — и под липку.

— Эта Зойка готова хоть на шею козлу...

— Она и с бандитом не прочь.

— А кто поручится, что он не бандит? Железнодорожный мужчина и в наше время был самый опасный мужчина.

— Бандиты, что кооператив наш обчистили, тоже были в серой паре, чудесно побриты, в руках тросточки, совершенно эстрадники. Когда все открылось, их наши дамы прозвали бандиты-шико. Троих взяли, один убежал.

— Может, он?

— Опре-де-ленно!

И Пайкова, Чушкова и Краузе, три сезонные сплетницы, на досмотр кинулись в парк. Ирка с мохнатым полотенцем — наперерез, прямо к гроту свиданий, Салтычихину.

Зоечка, с Петей Ростаки, плыла по аллеям. Овевал ее ветерок сладким липовым духом, засматривал ей в голубые глаза Петя — дон Диего, не сразу выталкивая слова, как бы в них неуверенный, что казалось ей воспитаньем и скромностью после обхождения теперешних. В частой улыбке Диего обнажались мелкие острые зубы, в серо-зеленых глазах, чуть прищуренных, было хищное и смешливое, как у щуки, хватающей пескаря.

У самого пруда, над глубокой пещерой древней каменной кладки, росли две огромные березы. Уже добрую сотню лет березы склонялись далеко над входом своими бело-черными, как горностаевый мех, стволами. Их плакучие ветви кружевной завесой спадали перед входом, то тут, то там пропуская в просветы днем синее небо и пурпур знамен пионеров, а ночью, пока влюбленные пары еще могли наблюдать, зеленые светляки лампионов театрального сада им здесь подмигивали цветом вечных надежд.

— Здесь должно быть чудесно в лунную ночь, — сказал Диего и, помолчав, прибавил: — Сегодня будет именно лунная ночь.

Из кустов глянула еще мокрая от купанья голова Ирки-пионерки, и, всей рукой подманивая к себе Зою, она, запыхавшись от бега, прошептала ей:

— Брось фигли-мигли с буржуем! Папкова, Чушкова и Краузе уже раскумили, что это бандит.

— Да как ты смеешь...

— Бессознательный рудимент! — Ирка гневно исчезла, а Зоечка, зардевшись, сказала Диего:

— Поселок вас возвел уже в чин непойманного бандита-шико. Вот вам и тема.

Диего залился, обнажая свои мелкие щучьи зубы, а Зоечке вдруг чуть-чуть страшно: а если он и вправду бандит? Теперь такие необыкновенные пошли вещи. И чем, скажите, зарабатывать бывшим дворянам? И тут же Зоечка: а если бы он, как Дубровский Троекурову Машу, — меня полюбил...

Папкова, Чушкова и Краузе, рука под руку, сомкнутым строем, звеня серьгами и браслетами, вдруг надвинулись к гроту. Поравнявшись с Зоечкой, они проглотили глазами дон Диего с его желтыми башмаками, серым костюмом и канули в столетний липовый мрак.

— Они будут подглядывать. Идемте на открытие клуба. Их стенгазка срамит, они туда не суются...

Зоечка перестарок, хотя так моложава, что все без колебаний зовут ее просто по имени, как она любит. Она из той несчастной полосы, которую революция уже застала окончившими прежнюю школу и расположившими будущность в твердых днях. Октябрь, как лукошко с грибами, опрокинул все ее планы. Хорошо — хоть хватило у Зоечки сметки поселиться с последней невымершей теткой здесь, в поселке, где хоть малый домишко, да свой. Однако зависть берет уж на Ирку и прочих знакомых подростков. Как ладится у них все, без морщинки.

Пионерки, потом комсомолки, идут со своими гуртом. Свой у них клуб, свои кавалеры. Им жизнь, как свежая тропочка, далеко вперед кинулась, а у Зоечки — оборвалась. Вот с самой с последней надеждой и хватается за последнего... вроде как из прежних.

— А что ж, ваши кумушки и по ночам ходят в грот?

— Ах, что вы! Сейчас ни за что! Их мужья запугали налетчиками. А у Чушковой, например хоть, только в праздники брильянты, а в будни стразы...

— Вот мещанка, ужели стразы?!

— Но даже их бережет она пуще глаза! А в праздник видали: четыре браслета, по два на каждой руке, представьте, а у Папковой на ноге, с ним купается, и с серьгами, перстнями...

Ювелирная лавка!

Петя Ростаки залился, обнажая мелкие щучьи зубы:

— Сегодня праздник, значит, гражданки в крупной цене Ну, пойдем при луне в этот грот!

Волнует Зоечку взор Диего, и смех, и щучья улыбка: нет, нет, не бандит — он Дубровский.

В бревенчатом здании поссовета, в просторной комнате, происходило открытие клуба.

Первым с лекцией о текущих событиях вышел товарищ Довбик. Он ступал по сцене, как статуя командора, камнем стуча каждый шаг, отчего задняя декорация трепетала. Он сейчас же перешел, ввиду богомольности поселка, к антирелигиозной агитации.

С шиком развернул гремучую змею длиннейшего плаката под огненным заголовком: "Сколь ни поддавайся — проглочен не будешь!"

На плакате изображен был Иона с серой бородой, в красных трусах и в десяти позах; наиудобнейших для кита. Но для всех десяти, не исключая той, где Иона хитрым сплетением рук и ног обратил себя в круглый футбольный мяч, горло кита пребывало ему совершеннейшей непроходимостью.

При бурных овациях товарищ Довбик демонстрировал "научно точные" диаметры китовой глотки и в кратчайшем делении Иону.

Эстрадные номера возвещал приземистый беспартийный. Он обещал в будущем вполне революционную программу, но лишь сегодня конфузливо предлагал прослушать, по бедности, одни только "местные силы".

— Лучше, товарищи, открыть клуб ими, нежели ждать

именно у моря погоды, потому справедливо, что необходима пища не одна именно телесная, а как сказано: "не о хлебе едином жив будет человек".

— А какого, извиняюсь, вождя эта последняя, товарищ, цитата? поддевают беспартийного...

— Гляди, расцитатят в стенгазке.

На сцене неизбежный "Монолог сумасшедшего". Некто в халате, с побеленным на совесть лицом, с "Чтецом-декламатором"

в правой руке.

— Это вполне спец. Откалывай, Бобриков!

Бобриков схватил венский стул, швырнул его к дверям, зарычал, поймал снова, потряс над головой, скосил к носу глаза, замахнулся на публику и, польщенный женским визгом, изрек:

— Из Мазуркевича.

После Бобрикова девушка прошлого века в полосатом шарфе сказала:

— Из Соллогуба-поэта, — как говорили, бывало: "Абрикосовы сыновья".

Инфернально завернувшись в свой шарф, она, сколько полагалось в стихах, полетала "на качелях", визганула "вверх-вниз" и, совсем как когда-то светские дамы, подражая цыганскому пенью, полоснула в конце:

— Чегт с тобой!

— Этот номер в мое время московский хор в пении выполнял, а нынче времена попостней, — сказала охотница до зрелищ старуха Жигалиха, а Ирка-пионерка с компанией встала, не желая слушать буржуйных стишков.

В пустой комнате за сценой они пошли составлять свежий лист стенгазеты. Мимоходом не утерпела Ирка и опять шепотом Зое:

— Брось фигли-мигли, не то включим тебя в "язвы поселка".

— Если осматривать все здешние раритеты, то нам пора уж в театр, сказал Зоечке Диего. — Надеюсь дополнить там свой фельетон "Нэпман на даче".

Они пошли к театрику "Муза" с красным флажком на воротах. Из оконца кассы выклюнул дятлом кассир и торжественно объявил:

— Предупреждаю вас, граждане, уже билетов ниже полтинника нет!

У кассы был весь поселок, от матерей с грудными до юных

таитян с картины Гогена, в одной легкой сеточке, гордившихся голым бицепсом.

Рядом с будкой кассира висела афиша с анонсом пьесы, прошумевшей в столицах.

— Актеры! Актеры! — И мальчишки, поправив наскоро ремень плоской коробки с товаром на рубль, стрельнули встречать.

— Сама императрица прет, свои чемоданы несет, зда-аровая! — кричали мальчишки.

— А ведь похожа, я живую видала. И только подумать, из придворной кареты точно так выходила, а я таким же манером ей в спину...

— Только уж сама-то, чай, своих чемоданов тогда не носила.

— Гражданин кассир, почему именно нет имен на афише?

— А имена нам к чему же! Афиша давно напечатана, а уж труппу потом... подбираем на бирже. Кто свободен — один к одному лепим спектакль. На выезд, в дачное место, каждый идет на две роли. Есть которые и на три... вот один во дворе никак уж в князья гримируется.

— Ишь ты, под небесное под освещение! Эх, граждане, с голоду это небось!

Несмотря на зеленые шкалики, мерцавшие в зелени, в театральной уборной электричества почему-то еще не было, и актер, чернявенький, с волосатой грудью, мастерился под наружное освещение застегнуть на золотые запонки стоявшую лубом крахмальную грудь. Он гневно кричал в публику:

— Черт знает что, — когда ж дадут электричество?

— Опоздать им, вишь, нежелательно, — пояснял лавочник, — на голых досках все бока здесь в театре обмять.

— Дачники не прежние, приглашать не тароваты, сами-то большинство полупролетариат.

— Вы по пьесе кто будете? Министр или князь? — жеманится дачница перед высоким носатым блондином.

— А вот угадайте?

— И меня угадайте.

И на скорую руку тотализатор. Ставят дачницы на актеров карамель "Иру" и конфету "Мишку" — наживают мальчишки.

Во дворе из-за князя, победившего крахмальную грудь, глянули воронова крыла парик, нос крючком, из-под носа черная как смоль борода. Борода сказала брюзгливо:

— Мы в сараях ночевать не согласны!

— Это сам... — зашептались в публике, — это сам.

— Опоздаешь, на аглицких на пружинах поспишь, —

крикнул из гущи голос, — всю труппу Собакин с выпивкой приглашает.

— У Собакина в кармане вошь на аркане, в луже спит, самогоном налит, го-го, не доверяйте, просвещенные артисты.

Наконец расшипелась, заработала станция, всюду вспыхнуло. Открылись двери, и, заглушая визгом звонок, ринулась публика "стоячего" места. За ними публика выше и ниже полтинника.

— Вот они в ложе, глядите, — сказала Зоечка, — как иконостас разукрасились. Об нас шепчутся — Чушкова, Папкова и Краузе.

— Я бандит-шико, а вы моя жертва! Уж не войти ли мне в роль?

Появился пред началом антрепренер, он же суфлер, он же великий князь героическое лицо пьесы, просил снисхождения за то, что гастролеры играть будут без декораций, без многих действующих лиц и опущенных за поздним часом нескольких действий. Он выражал надежду, что граждане найдут в себе достаточно собственного революционного воображения и заполнят сцену всей роскошью придворных и прочих буржуазных покоев.

На пустой сцене, с красным клопиным диваном и симуляцией двух телефонов на дешевых стенах, металась короткая полная "фрейлина", торжествуя по поводу собственных именин до тех пор, пока сторож театра не возник всей персоной без малейшего грима в открытых дверях.

— Здорово, товарищ Сигов, — узнали из публики.

Сигов, как давно надоевшую ему и вполне обычную вещь, возгласил:

— Их императорские величества.

Под руку вошли пренарядная, в дутом браслете, немецкая бонна с худым русявеньким денщиком, и началась по пьесе завязка последних дворцовых интриг.

Вот немка-бонна села на стул и взяла в руки "Прожектор", а денщик, рассказав ей о перемене погоды, двинулся было к выходу на прием во дворец. Но полная фрейлина, вспомнив, что она "бывшая фаворитка", стремглав ринулась ему на шею.

— При живой-то жене! — и кричала и сердилась за отсутствие иллюзии публика. Кое-кто урезонивал:

— Да жена ведь не видит, гляди, в "Прожектор" уперлась.

— В самый в приезд иностранных гостей!

— В посещение германских рабочих СССР. Кусай себе локти, кусай, небось наша взяла!

Ах какой скандал! Нет, Зоечка больше не хочет смотреть, лучше одной сидеть и мечтать, чем подобный театр...

— Почему же именно одной, если вдвоем? — И пожатием ручки Диего: — Вы пошли навстречу моим пожеланиям, пройдемте сейчас в парк прямо к гроту.

В парке березовые стволы томно белели горностаевым мехом и в грациознейшем менуэте то взвивался, то мел по земле кружевной шлейф ветвей. Луна стояла над липами; кусты дрожали от ее перебегавшего, света, клумбы пахли левкоями.

— Плети турецких бобов — как лианы, и священной пагодой индусов предстает нам Салтычихин грот, — продекламировал Диего и, раздвинув ветви, вошел с Зоечкой в пещеру.

Здесь было сухо, тепло и совершенно чудесно. Вороненой сталью подбегала вода к песочной тропке у самого грота, а отбежав, серебрилась луной.

Диего, не сказав подобающих слов, захотел попросту целоваться. Вот еще — говорить? За слова теперь деньги дают. Но оскорбленная Зоечка ему с сердцем:

— Сперва заслужите, нарвите купавок. — И слабые руки толкают: — Вон! Вон! — И кокетливо:

— Если нарвете из середины пруда, я вас поцелую. Купавок, и желтых и белых.

Отбиваясь от объятий Пети Ростаки, Зоечка вытолкнула его вон из грота, и сама за ним вслед на песочную дорожку. А на дорожке-то?..

На дорожке, облитые луной, сомкнутым строем, рука под руку стояли: Чушкова, Папкова и Краузе. Они были зелены и безмолвны и, казалось, лишились движенья, едва Петя Ростаки, качнувшись с разлету, остолбенел перед ними.

Мгновение, с неимоверной быстротой, чуть сопя, одна за другой Папкова, Чушкова и Краузе стали снимать с себя кольца, серьги, часы и совать ему в руки. Потом, все трое, не вскрикнув, без оглядки, они устремились в аллею, как тяжелые камни, которые метнул великан из пращи.

Петя Ростаки бегущим кинулся вслед. Остановился. Его сердце билось, разбежались мысли. Одни руки поняли... руки стали совать по карманам кольца, серьги, часы.

— Бандит! — вскрикнула Зоечка и упала во весь рост на песок.

И, как человек, за минуту ничем не отмеченной, вознесенный в вожди, себя ощущает вождем, — Петя Ростаки, едва прозвучало: "бандит", стал вести себя с твердым знанием дела, как ведет удачно ограбивший.

Свернул в темную чащу, ускорил шаг, однако же не до бега. Сел не на полустанке, а на большой станции в поезд. Наутро в ломбарде на предъявителя заложил вещи, взял билет на юг, и только сидя на "мягком месте" и затягиваясь давно не куренной сигарой, он сказал сам себе:

— Хотел или нет, в конце концов, я все-таки, значит, того... сделал "экс".

А Зоечка?

А с Зоечки снимали долго допрос, с каким именно незнакомцем была она в вечер ограбления на открытии клуба и в театре. Зоечка искренне плакала, что не знает, кто он.

Скоро Зоечку отпустили вследствие показания пострадавших Чушковой, Папковой и Краузе, что напавших на них было трое, преогромного роста, с противогазовыми масками на лице.

Еще все три показали, что лишь необычайным самообладанием и отдачей всех золотых вещей им удалось спасти свою главную драгоценность — женскую честь, похищения которой вышеуказанные бандиты главным образом домогались.

Филаретки

Прекрасно, с любовью и гордостью отпраздновал весь наш Союз юбилей Пушкина.

И вот вспоминаю, как некогда в сиротском дворянском институте и мы воздавали по-своему честь поэту.

Мы переводили прозу его на иностранные языки.

Для удобства своего и нашего учитель-немец разбил текст особого институтского издания "Капитанской дочки" на десятистрочия. При трудных словах стояли вверху номера.

"Я выглянул из кибитки". "Кибитка" — номер тридцать два.

В словарике, приложенном к повести, значилось:

— "Кибитка — это не есть фаэтон, не коляска, не бричка. Это возок".

На масленице у нас полагался большой музыкально-вокальный вечер с почетным опекуном и знатью города. Надо было, кроме танцев и пенья, говорить публично с эстрады стихи. Ввиду преддверия великопостных дней придумали было написать декорацию — монастырская келья и перед ней Пимен и Григорий в костюмах. Но батюшка воспротивился: в мужском монастыре девицам пребывать непристойно!

Сцену отменили.

Очень огорчена была по этому случаю рукодельная дама.

Она должна была сшить из черного кашемира клобук и мантию Пимену. Ее бы отметили на афише.

Рукодельная дама была честолюбива и мечтала стать выше других наших дам, приставленных охранять дортуары: дамы пыльной и дамы ночной.

По случаю вечера собрали институтский совет. Он создал педагогическую композицию с целью укрепления религиозно-моральных устоев.

Объединили два отрывка из Пушкина и собственные стихи митрополита Филарета.

Говорить должны были три девочки одна за другой: строптивый, плохой Пушкин, потом назидающий его Филарет, и второй Пушкин — раскаянный.

Эту тройку институт прозвал немедленно "филаретки".

Начилось со стихов Пушкина:

> Дар напрасный, дар случайный,
> Жизнь, зачем ты мне дана?

В институте приказано было произносить только два первых, как говорили, "куплета" из этого стихотворения.

Третий куплет:

> Цели нет передо мною,
> Сердце пусто, празден ум,
> И томит меня тоскою
> Однозвучный жизни шум,

был осужден, как богохульный. Его зачеркнули в тексте. Его знать запрещалось.

Зато ответ митрополита Филарета на эти стихи Пушкина, добытый из журнала Ишимовой "Звездочка", как принадлежащий лицу высокого духовного звания, произносился целиком.

После Филарета голосом слезного покаяния говорились "Стансы" Пушкина.

— Шесть первых строк — болтовня, — сказала начальница. — Они нам не нужны. Начинайте ближе к делу, с седьмой строчки:

> Когда твой голос величавый
> Меня внезапно поражал,
> Я лил потоки слез нежданных...

— Но в подобном сокращении нет пушкинской рифмы, — защитил было учитель русского языка.

— Не в рифме дело, а в чувстве, — оборвала начальница. — Слезы — залог сердечного покаяния.

На эти роли двух Пушкиных, плохого и хорошего, и Филарета выбирались ученицы разных классов по росту и поведению.

К нам, в младший, пришла сама начальница и спросила:

— Кто здесь ведет себя хуже всех?

Классная дама вывела из-за парты меня:

— Вот эта...

— Какой срам, — сказала начальница, — за это ты будешь "дурной" Пушкин!

В Филареты попала громадная примерная девочка. Она вся ушла в рост, и на шалости ее уже не хватало.

— Второй, "хороший" Пушкин должен быть, натурально, пониже- владыки и повыше "дурного" Пушкина, — сказала начальница.

Нашли и хорошего.

Трем филареткам дали сокращенный пушкинский текст, полный Филаретов, и велели учить наизусть. Репетировали до одури в узком многооконном зале. Под команду танцмейстера — раз, два — двигались в ногу, все три как одна, к самому краю эстрады. Ныряли плавно в глубоком реверансе. Не смея скосить глаза вбок, подымались вразнобой, танцмейстер хлопал в ладоши.

— Повторить!

Опять все сначала — раз, два — под шепот хора певчих, уходивших из зала:

— Фи... Филаретки...

Ненавидели Филарета, ненавидели Пушкина.

Про почетного опекуна, который должен был посетить вечер, был пущен слух, что он не настоящий человек, а сделанный. Барон носил парик и поигрывал челюстями. Он вставал, садился и кланялся так напряженно, как будто нажимал для этого дела пружину сложного механизма, — и тот действовал.

Девочек очень интересовало, где именно и что барон у себя нажимает. Мне поручено было досмотреть.

Наступил литературно-вокальный вечер. Мы надели открытые кружевные пелеринки с розовыми бантами. Нас причесывал парикмахер. Волосы вились, ряда не было. Собрались было круто помадить, но вошла начальница и сказала:

— Она говорит строптивого Пушкина, к тому же он был из негров, — можно ей волосы не помадить.

Вечер открылся хором "Где гнутся над омутом лозы". Потом мы, филаретки, поднялись на высокую кафедру. Мы растаяли в реверансе. Перед глазами горели люстры, лысины, бриллианты дам, украшенных орденом Екатерины.

Барон сидел в креслах, в первом ряду, около начальницы.

Он мутно глядел перед собой. Его левая рука, как обыкновенно, смирно паслась на красном бархате сиденья. Правая рука барабанила длинными желтыми пальцами по колену, обтянутому белым сукном камергерских панталон.

"Он нажмет в правой коленке", — решила я и, не отрывая глаз от бароновой ноги, окунулась еще раз, уже отдельно, в глубоком придворном реверансе. Когда все туловище было откинуто назад, и весь упор шел на левую пятку, надлежало мне, Пушкину мятежному, начать грешный мой ропот самым толстым, сердитым голосом:

Дар напрасный, дар случайный,

102

Жизнь, зачем ты мне дана?
Иль зачем судьбою тайной Ты...

Начальница, сидевшая рядом с бароном, уронила на паркет белоснежный платок. Барон шевельнулся поднять. Я забыла стихи, я чуть присела, чтобы поймать, где именно нажмут желтые пальцы барона.

— Продолжай! — побагровев от усилия, сказала начальница. Пока барон тормошился, она сама достала платок.

"Если испортился механизм, барон не встанет. Так и будет сидеть. С креслом его унесут или нет?" — мучилась я положением барона.

— Про-дол-жай!

Но я забыла стихи:

...Иль зачем судьбою тайной Ты на...
что-то суждена...

Начальница презрительно махнула платком, и Филарет покрыл мое самодельное бормотание невыносимо высокими нотами:

Не напрасно, не случайно
Жизнь от бога нам дана...

Женским визгом, без передышки, сплошным комариным звоном прозвенел в зале "куплет" владыки. Громадный Филарет, испугавшись моего примера, гнал во весь опор, боясь забыть текст и не допуская паузы. Раскаявшись немедленно, Пушкин хороший — девочка среднего роста — прорычала усеченные "Стансы":

Я лил потоки слез нежданных...

Реверанс мы сделали хорошо — все три как одна.

— Пушкин! — выстрелил барон и поднял вверх желтый палец. — Пушкина похвально выучить наизусть.

Мы ушли под шепот хора:

— Фи... Филаретки!

Я забилась в классе на заднюю парту. Вошла классная дама.

Она мне сказала:

— Ты осрамила весь институт. Не можешь запомнить стихи — пока другие танцуют, учи, милочка, прозу!

Она развернула передо мной "Капитанскую дочку" и, отчеркнув ногтем: "отсюда — досюда", ушла.

Я осталась в классе одна. Взяла книгу. И мне сразу понравилось: "Ветер завыл; сделалась метель. В одно мгновение темное небо смешалось с снежным морем. Все исчезло.

— Ну, барин, — закричал ямщик, — беда — буран!

Я выглянул из кибитки..."

Кибитка... Кибитка?

"Кибитка — это не фаэтон, это не коляска, это не бричка, это возок".

Я размахнулась и хватила "Капитанской дочкой" стекло висячей лампы.

Меня увели в карцер.

И еще один раз я пострадала за Пушкина.

Я и моя подруга были обе с Кавказа и очень тосковали по горам. Особенно весной.

Мы садились спиной к бледному северному небу, смотревшему из казенных окон, мы впивались в географическую карту, висевшую на стене. На Казбек налепляли мы жеваную резинку — клячку, и Казбек торчал выше всех на свете.

И я говорила от всей души:

Кавказ подо мною.
Один в вышине...

Я говорила "Кавказ" Пушкина с начала до конца не раз и не два, а до тех пор, пока мы с подругой из холодного сиротливого класса не переселялись в "зеленые сени, где птицы щебечут, где скачут олени... где мчится Арагва в тенистых брегах".

Из моих глаз слезы восторга лились перед географической картой, и, прижав палец к вершине Казбека, всхлипывала другая кавказская девочка.

— О чем вы плачете? Какие казенные вещи вы испортили? — спросила подошедшая классная дама.

Я еще не успела вспомнить, что надо соврать даме понятное, и сказала правду:

— Мы плачем над стихами Пушкина.

— Ты лжешь, — нахмурилась дама. — Признавайся скорее, какие казенные вещи...

— Честное благородное слово! — сказали мы в голос. — Мы ничего не разбили. Мы только над стихами...

— В таком случае вас надо лечить. Нормальные люди над стихами не плачут.

Нас свели в лазарет, и доктор нам прописал холодное обтирание по утрам, до звонка.

Меня, как девочку плохого поведения и зачинщицу, обтирали целый месяц, другую — всего две недели, Это было холодно и неприятно...

Сказки

Индийский мудрец

В дремучем лесу, сквозь изумрудные сети лиан, луна чуть серебрит корни огромных деревьев.

Спят, напрыгавшись, обезьяны. Перестали порхать, как живые цветы, попугаи, подвернули зеленые головы под красные крылья — угомонились.

Слон давно уж направил тяжелые шаги к своему дому.

Полосатый тигренок похрапывает, как сытый домашний кот.

На больших серых камнях, близко одни от другого, сидят люди, скрестивши поджатые ноги.

Они так исхудали, что, кажется, темная кожа прикрывает одни заостренные кости. Уже много лет сидят они неподвижно, воздев к небу руки, выкликая бескровными губами: "Брама, о Брама, великий..."

Десять тысяч раз в день положили они себе называть имя главного бога и только однажды, рано утром, опускать помертвелые руки, чтобы проглотить тридцать зерен вареного риса и сделать глоток из долбленой маленькой тыквы.

Шаловливые обезьянки то и дело укатывали желтые тыквы, но люди соседней деревни, почитая отшельников за святых, наперерыв приносили им новые.

Птицы не пугались поднятых рук и, случалось, свивали гнездо в сведенной, как чаша, ладони. И тот, кто сменял воду, клал уже сам тридцать зерен пустыннику в рот.

Все заботы о старцах жители поделили между собой и, как дети, нередко ссорились, чей отшельник сидит дольше на камне, кто вывел больше птенцов на иссохших ладонях...

Но как ни чтили в деревне худых старцев, никому не пришло бы на мысль бежать к ним со своим горем, смущать их покой.

Старцы сидели так неподвижно, что люди забыли считать их живыми.

И только одна, обезумевшая Суджита, посмела покрыть диким криком мерный шепот молитв.

Но ведь с ней приключилось такое, что она уже не видела

106

блеска прекрасного солнца, а всех уверяла, будто небо сплошь заткано черной, густой паутиной.

Суджита на зеленом дворе около дома погружала в жбаны с горячею синею краской ею же тканное полотно, а единственный мальчик ее играл у забора под цветущим кустом.

Обернувшись с ответной улыбкой на веселый смех сына, Суджита вдруг увидела, как, словно живая, вытянулась одна из темных ветвей, чуть коснулась, поцеловала мальчика в лоб, и он, еще улыбаясь, упал без движенья.

— Он ужален кустарной змеей, а ее яд страшней яда кобры, — шептали соседи, сбежавшись на крики Суджиты.

Долго мать согревала горячими губами синие губки ребенка: не хотело понять ее сердце то, что видели глаза.

— Я пойду к старцам,— прояснилась надеждой Суджита, — они ведь святые, святые все могут...
Они мне разбудят малютку!

— Безумная! — закричали соседи, — к старцам близок сам Брама, их тревожить нельзя!

Но Суджита, как дикая серна, побежала к священному месту с окоченелым малюткой в руках.

Она не спугнула в своем легком беге даже чутких, словно драгоценные камни, сверкающих бабочек.

Только маленькие обезьянки закрылись морщинистыми, как у старых женщин, руками, защищаясь от холодного ветра ее покрывала.

Но вот и большие деревья... Кольцами удава извиваются черные корни...

Луна уже совсем пробралась сквозь лианы, и дрожат серебром листья манговых пальм.

Зелеными изваяниями выделяются старцы в трепетном свете луны.

Все до последнего видны ребра, чуть раздуваются и редком дыханье.

— Брама... О Брама! Великий... — шевелятся блеклые губы.

— Отцы, помогите! — зарыдала Суджита.

Ни один не прервал свои размеренный шепот, ни один не поднял век, прозрачных, как перепонки летучих мышей.

— Вы только взгляните, как прекрасен мой спящий малютка! Отцы, опустите воздетые руки на черные кудри уснувшего, попросите великого Браму его разбудить!

Но не дрогнули воздетые к небу, как черные сучья, сведенные руки.

— Отцы! Вы не люди! — закричала Суджита. — Вы даже не звери... И тигр пожалел бы меня, растерзав... освободил бы от страданья. Вы хуже деревьев: деревья хлестали меня по плечам, отвлекали от мысли, съедающей сердце... А вы! Даже не подняли век...

Вы просто камни, как те, на которых сидите.

И, уже не надеясь на чудо, Суджита вернулась в деревню и сложила погребальный костер для малютки.

С последними струйками синего дыма навсегда вышла она из опустелого дома.

Шла она долго, шла она много дней, а от своего горя уйти не могла.

Оно шло с ней рядом, не отставало.

Изнемогла Суджита, села у пыльной дороги, закрыв глаза, не хотела вовсе смотреть. Все ей делало больно. Лучи восходящего солнца разбегались по небу, словно сверлящие душу мечи.

Она вся дрожала, как заблудившийся путник во время дождей: весь холод из тела малютки перешел в ее сердце.

— Женщина, зачем так скорбеть? — сказал голос нежный, как звон тетивы.

— Женщина, разве уже все перестали петь птицы?!

— Разве все губы детей без улыбки?!

Пред Суджитой стоял человек в желтой одежде странствующего монаха — биншу.

Его глаза посмотрели ей прямо в сердце с такой теплой лаской, что распалась на нем ледяная кора и росой подступила к глазам.

Прорываясь, уносилась слезами черная паутина, заткавшая небо, и, словно умытое, улыбнулось вновь солнце.

— Дорогая сестра, я могу облегчить твое горе, — продолжал незнакомец, — обойди двадцать дворов в той деревне, что видна за зеленой горой, и спрашивай везде только одно: "Дайте мне несколько зерен горчицы!" И если найдешь такой дом, где никого не коснулся мечом бог смерти Шива, то принеси мне сюда эти зерна.

Быстро, забыв утомленье, вскочила женщина, побежала в деревню, еще быстрее вернулась.

— Такого двора не нашлось, — сказала она, — горчицу давали охотно, но горьких утрат у всех было больше, чем маленьких зерен на моей ладони.

— Заметила ль ты, сестра, как одинаково у всех людей дрожат губы, когда они вспоминают о горе, как одинаково, словно незрячие, потухают живые зрачки?

— Я думала только о том, чтобы облегчить свое горе, за-чем мне было смотреть на чужих? — удивилась Суджита.

Человек в желтой одежде с тихой грустью поник головой и, помолчав, промолвил:

— Женщина, ты очень плохо искала, пойди еще раз.

— На ногах моих чуть держатся сандалии, посмотри, как распухли... — сказала Суджита; но, так как сердце ее все-таки болело больше, чем тело, она снова пошла, но, вернувшись, без слов повалилась на землю.

— Много ль обошла ты домов? — нагнулся над ней человек.

— О, я не вынесла больше пяти, — простонала женщина. — Опять везде охотно давали горчицу, но как только я спрашивала: "Не умер ли кто, близкий сердцу?" — они столько боли вплетали в слова, их слезы так выедали мне душу, что мне показалось — они говорили о моей же утрате. Ах, господин, зачем научил ты меня смотреть на лица людей?!

— Сестра моя милая, — еще раз повторил он, — сейчас ты искала гораздо лучше, собери свои силы для третьего раза, поверь мне — уже близко зерно, что поглотит навек твое горе.

Безмолвно, как бегущие тени деревьев, вновь скрылась Суджита за зеленой горой.

Вот уж солнце пошло умываться в священную реку, утомившись само своим жаром.

Вот уж остыл накалившийся за день песок, и человек в желтой одежде порадовался, что женщина снимет сандалии и ей будет легче ступать по земле. Но Суджита не шла.

И только когда выбежали па небо первые, самые любопытные звезды, она показалась, вся светлая, из-за зеленой горы.

Незнакомец поднялся и сам, лучезарный, пошел ей навстречу.

— Я не пошла дальше первого дома, — быстро заговорила Суджита. — Там, на полу, я увидала калеку-ребенка, отец его пьяный валялся на улице, а мать несколько дней как сожгли. Я все время возилась с ребенком. О, если б ты видел, как он был грязен.

— А зерно горчицы ты, конечно, спросила? — улыбнулся, как добрый отец, незнакомец.

— Подожди... ребенка надо было мыть... но вода не согрета, корыто одно, в нем едят свиньи... я побежала к соседям...

— Ты, конечно, спросила о зернах?

— Представь, я забыла... Я прибежала просить у тебя, не дашь ли ты что для ребенка? В деревне все так бедны, не нашлось даже тряпки, а ты такой добрый.

Блаженный Будда, так как это был он, самый мудрый из

109

всех мудрецов, снял с себя верхнюю желтую одежду, отдал ее женщине, а сам остался в одной длинной полотняной рубахе.

— О, женщина, только забыв о себе, ты нашла для себя утешенье.

Малая капля, отделившись от моря, тотчас усыхает. Так и сердце, сестра, бьется жизнью лишь в общем, а в своем — оно умирает.

И, подняв благословляющие руки над всею землей, улыбаясь распустившимся лотосам, тихий мудрец пошел дальше.

Перед вратами

К Сидящему на престоле два лучезарных подвели человека, а архангел, указывая огненным мечом на его сердце, произнес:

— Вот еще одни принесший в целости Печать Твою.

— Уготовь ему место, — сказал Сидящий на престоле архангелу с мечом, а прочим лучезарным сделал знак подойти, и они, окружив человека своими белыми крыльями, отделили его от мрака, из которого он пришел.

Человек, разбитый последними усилиями освобождения, стоял, опустив голову.

— Говори, как жил и почему не затемнил Печати Отца? — спросил Ангел.

— В этом нет моей заслуги, — проговорил человек. — Я не затемнил твоей Печати, Отец, только потому, что совершеннее знака не встретил па пути своем, ничего ярче, чем мог бы ее заменить. И стереть ее я не пытался: ведь только благодаря ей — царской Печати — я помнил, что я твой сын, сын Царя, так как наследства Твоего на земле я был лишен на всю свою жизнь.

— Что говорит он, мы не понимаем?! — сказали лучезарные.

— Вы, от века чистые, знающие любовь, — слушайте о страдании, — сказал лучезарным Сидящий на престоле и, взяв человека за руку, поставил его прямо перед собой.

— Говори все, — тихо произнес Он.

— Я был еще очень маленьким ребенком, — начал человек, — когда на всем и везде увидал только одну дивную Печать Твою. Зло было чуждо мне, и даже цветка я не мог сорвать, потому что он был прекрасен.

Со светлой улыбкой доверия подошел я к саду радостного детства, где были матери с нежными руками.

Твоя Печать горела на ограде, и ровные утренние лучи Твоего солнца ласкали зеленые лужайки с цветами, где дети весело играли в мяч и спускали кораблики в смеющиеся ручьи.

Я сверил Печать на ограде с Печатью в сердце моем, линии все совпали, и, не сомневаясь в своем праве, я рукой сына взялся за дверь в сад Отца моего.

Но сторож сада радостного детства, Твой слуга, подошел ко мне со свитком и сказал: тебе здесь нет места, ты не записан.

— Но ведь это сад моего Отца, где же мне быть, как не у него? — удивился я. — И почему сад полон не Его детьми, а чужими... Я не вижу у них в сердце моей Печати. Смотри, они рвут цветы и убивают птиц для забавы. Отец, верно, не знает об этом, а то бы он выгнал их из сада.

— Поверь, Отец твой знает, для чего он назвал полный сад гостей, так что тебе, родному сыну, пришлось остаться у ограды. Но ты помнишь обязанности любящего сына? С радостью должен ты уступить свое место приглашенным.

— Да будет воля Отца,— покорно сказал я, ребенок, и остался все мое детство стоять за оградой сада безмятежной радости.

Скоро одежда, в которой я пришел, износилась, и не было руки, чтобы соткать мне новую. Не защищенный ничем от холода, я скоро промерз до самой глубины моего детского сердца.

Прижавшись к ограде, я жадно следил за всем, что происходило в саду. Когда рука нежной матери ласкала равнодушного сына, я мысленно подставлял свою щеку, и так сильно было мое желание тепла, что ветер приносил мне теплоту руки чужой матери.

Часто, лишенный игрушек, голодный, одной силой своего воображения я все имел через отверстие ограды; я имел даже больше, чем дети, позванные в сад.

Руку матери, которую они докучливо отталкивали, чтобы бежать к играм, я чувствовал весь день на своей щеке, что бы я ни делал вместе с ними...

Но иной раз, Отец, я забывал обязанности любящего сына... Когда холод за оградой бывал так нестерпим, что морозил даже мое воображение, когда мои детские ноги ныли от жесткого камня и мне хотелось хоть какой-нибудь норы, чтобы укрыться, я начинал ненавидеть гостей, занявших мое место.

Я завидовал им, которые имели все и ничего не ценили.

И я падал у ограды на холодные камни, и выл, как маленький больной зверь...

Тогда, вызванные моим отчаянием, приходили темные, злые духи; они шептали мне в уши странные слова:

"Отец твой не добрый, — говорили они, — если он так обидел тебя: для последнего из гостей нашел место, а ты за оградой.

Разломай ограду, ворвись насильно, мы поможем тебе".

И у меня были соблазны, Отец.

— Что надо сделать для этого? — спросил я.

— Сорви Печать с сердца, растопчи ее своими ногами и скажи: у меня больше нет Отца.

— Что же будет в сердце моем вместо Печати?

— Ничего... — смеялись они. — Но зато ты войдешь в сад и оборвешь все цветы, на которые любовались чужие, а их ты с позором выгонишь вон. Подумай, какое торжество...

— Нет, нет, я не хочу быть заодно с ворами и разбойниками, я царский сын! — кричал я в ужасе. — И ты помнишь, Отец, как я, став на колени, в эти минуты соблазна просил Тебя лишь о том, чтобы не сорвать мне Печати твоей, не остаться с пустым сердцем...

— Дайте ему покрывало вечной детской радости, — сказал Сидящий на престоле, и лучезарные облекли человека в одежды, равные их одеждам.

— Продолжай дальше о своей жизни, — приказал Ангел.

— Настала для меня юность, и неясное томление и слезы... и, повинуясь неодолимому влечению, пошел я от сада безмятежного детства к саду чистой любви, на котором тоже была Печать Твоя. Я посмотрел на нее и, сравнив с Печатью своего сердца, нашел и в нем те же чистые, прекрасные линии.

В священном трепете я понял тайну соединения двух в одно, я услышал совершеннейший аккорд земной музыки. Горячая волна радостного ожидания наполнила мою душу, растопила весь лед на замерзшем сердце моего детства, и оно, большое и сильное, забилось так, что я ничего не слышал из того, что говорил мне лучезарный сторож.

Я увидел ее. Ее, до времен от меня отделенную и до времен мне принадлежащую, единственную, дополняющую меня форму, с которой я буду не дробь, а целое, полное число.

Она только что выбежала из темной аллеи на залитую солнцем лужайку и остановилась... Ее детски раскрытые, незатемненные глаза заблестели первыми слезами восторга. Она внезапно поняла всю красоту созданного Тобой и, прижав руки к сердцу, воскликнула:

— Господи, как хорошо!

— Как хорошо, — ответил ей я, и, встретясь глазами, мы оба разом двинулись друг к другу с протянутыми руками, с первой улыбкой юности, с нетронутым сердцем, полным аромата любви, полным бесконечного богатства чувств.

Два чистых звука понеслись друг другу навстречу.

Две души раскрылись сами собой, от одной полноты своей, свободно, прекрасно, как все, что находится под законом совершенной гармонии.

Отец, отчего не дано им было слиться в одну общую, большую душу? Тебе ведь нужны числа законченные, одним было бы больше.

Простите, лучезарные, что место Света омрачаю стоном земной муки, но подумайте, что почувствовал я, когда мои восторженные руки больно ударились о чугунную ограду, а сторож сада чистой любви, Твой бесстрастный слуга, заслонил ту, которую я только что увидел.

— Сад полон гостей, и тебе, родному сыну, надлежит уступить им свое место.

— Она моя от века, — закричал я. — У нее в сердце та же Печать, что у меня.

— Да, ты не ошибся, — ответил сторож, — но ей надлежит на этот раз при свете своей Печати восстановить искаженные знаки в другом сердце.

— Зачем же мы встретились и узнали друг друга, если это напрасно? — с горечью возразил я.

— Таков закон любви на земле, — отвечал бесстрастный Ангел. — Всегда искать и, найдя, не получить. Но уйди от ворот, я уже сказал, что не должен впускать тебя.

И мой совет: не следи за ней из-за ограды; поверь, кроме большого страдания, ты ничего не получишь.

Но в жестоких словах Ангела заключалась надежда увидеть ее, а страдания больше того, которое я испытал мгновение назад, уже не могло быть.

Ведь для того, в чьем сердце не искажена Печать, нет времени. Постижение его мгновенно.

Когда весь свет моей души потянулся к ее свету, и между нами опустилась железная рука Судьбы, я сразу пережил всю глубину моего страдания, и теперь мне оставалось лишь выпить его в назначенных мне днях.

Я втиснулся с такой силой в узкий промежуток, что железные прутья глубоко врезались в мое тело, и голову сдавило мне, как в тисках.

Я не помещался весь, и мне пришлось низко нагнуть голову и скорчить тело, как в судороге, а сердце свое я сдавил обеими руками, а то оно так громко стучало, что сторож сада опять подошел ко мне и сказал:

— Если упорствуешь на своем и хочешь быть у ограды — уйми свое сердце. Здесь его не должно быть слышно.

И вот, искалеченный, лишенный последней свободы раба и нищего — возможности двигаться и дышать, задерживающий биение своего сердца и быстроту крови в своих жилах, следил я за той, которая была предвечно моя, к которой тянулся весь свет моей души.

Я видел недоумение и первое страдание на ее лице, когда сторож сада подвел к ней другого, чем был я. Но она покорно взяла его за руку, а я с новой силой сжал свое сердце и уже не выпускал его из помертвелых рук.

Сторож сада был прав. Я не должен был следить за ней из-за ограды. В неудовлетворенной любви нет мгновения, где бы страдание не наполняло сердце до последних краев.

Но уйти я не был в силах. Я следил за каждым шагом той, к которой тянулся весь свет моей души. Я слышал все ее слова, угадывал все ее мысли, и каждую минуту я знал, что нужно сказать ей в ответ.

Она чувствовала это и часто с ожиданием поворачивалась к шедшему с ней за руку, ожидая чуда, что он окажется мною. Но он никогда не говорил нужного слова, и я видел, как ее милое лицо все больше обволакивалось грустью.

Но самое ужасное все-таки наступало, когда она исчезала надолго в темной аллее и последнее пятно ее белого покрывала тонуло во мраке.

Тогда на меня со всех сторон накидывались голодные страсти, хищные звери любви.

Ни одной звезды не сияло для меня в темном небе, а весь свет моей души она уносила с собой. Какой же силой было мне сопротивляться врагам?!

И я падал, лучезарные...

Но в прочный союз с темными страстями я не вступал, так как для этого надлежало стереть Печать Твою, а я знал, что не вынесет этого душа моя. Я знал это по разъедающим сердце слезам, которыми я мучительно смывал грязь даже минутного падения.

Человек умолк и ниже опустил голову, а Сидящий на престоле встал и, взяв лилию совершенной чистоты, равную лилиям ангелов, не знавших позора падения, вложил ее Сам в руку человека.

— Что же дальше в твоей жизни? — спросил Ангел.

— Дальше уже нет страдания, лишь одно горькое недоумение, — сказал человек.

После того, как однажды она скрылась в темной аллее, чтобы больше никогда не появляться на зеленом лугу, освещенная солнцем, мое сердце так устало от тщетного ожидания, что почти перестало биться.

Мне уже нечего было бояться, что его безумный стук ворвется в чужие жизни, и я выпустил его на волю.

Освобожденными теперь руками я оторвался от ограды чистой любви, оставляя на железных прутьях ей мою окровавленную юность, и всем телом отвернулся от нее в иную сторону.

И вдруг я впервые заметил идущих издали, от сада детской радости к саду чистой любви, моих родных братьев, Твоих детей, с такой же царской Печатью, что была на мне.

Но они были настолько слабее меня и настолько уже устали, стоя за оградой радостного детства, где они, как и я, должны были уступить свое место гостям, что я понял: если их не поддержать, они уступят темным силам и откажутся от Печати Твоей.

Тут в первый раз пожалел я, что не послушался ангела и не ушел от ограды, полюбив свое бесполезное страдание.

Я не мог, с искалеченными ногами, бежать навстречу моим слабеющим братьям.

Я хотел кричать им, но я так привык сдерживать даже дыхание, чтобы сторож сада чистой любви не прогнал меня от ограды, что ни одного звука не вылетело из моего горла.

Жалость, чувство сильнейшее всех испытанных мною мук, охватила меня. Душа моя наполнилась одним стремлением прояснить зрение моих слабеющих братьев, которые уже остановились, очарованные радугой соблазнов.

Я чувствовал: они сомневаются, точно ли простые линии Царской Печати совершеннее ее увлекательной сложности.

Тогда я вырвал один из железных прутьев ограды, на которой осталась моя окровавленная юность, и торопился писать на камнях, чтобы слабеющие братья поспели прочесть, пока совсем не упадут.

Я все смиренно рассказал им про себя. Я не укрыл ни одной своей слабости, ни одного падения, потому что иначе они могли подумать, что я не знал соблазнов, и не поверили бы тому, что я им говорил о Твоей Печати.

А я нашел слова, Отец, чтобы прославить ее достойно...

Я чувствовал это потому, что из моей души, по мере того, как я писал, уходил весь яд сомнений и сожаление о том, что я не послушался темных сил и не ворвался за ограду сада.

Наконец я кончил и, думая теперь только о них, моих слабеющих братьях, я испугался, что они в глубоком мраке, который царит везде за оградой, не заметят написанного мною.

Вне себя от грызущего беспокойства за их участь, не отдавая себе отчета в том, что я делаю, я вынул Твою Печать из своего сердца и закрепил ею написанное на камне...

Слабеющие братья увидели во тьме камень с моей Печатью и устремились к нему.

Дивная радость охватила меня: я сейчас увижу, как новая сила будет вливаться в их потускневшие души, как невыразимой благодарностью засветятся их глаза, обращенные ко мне.

Я ожидал увидеть плоды моей борьбы с темными силами, я должен был понять, наконец, смысл моих страданий...

Отец, я уже благословлял умиляющую красоту Твоих слов:

"Если пшеничное зерно, падши на землю, не умрет, то останется одно, а если умрет, то принесет много плода".

Зачем Твой ангел смерти взял меня за руку и привел сюда?

Зачем взял он меня за руку слишком рано?!..

Сердце мое Опять полно неосушенных слез.

Губы мои горят от неотданных поцелуев.

А сознание мое помрачилось ужасом бессмысленной жертвы: камням, одним камням отдал я сокровище моей души...

К чему мне покрывало вечной детской радости, на что лилии совершенной чистоты?

Укажи мне, взамен небесных благ, только смысл моих страданий!

— Как это ты так мало веришь Отцу? — с укором произнес Ангел.

— Не знающий страдания, можешь ли ты судить Человека... — остановил Ангела Сидящий на престоле.

— Откройте врата, — приказал Он.

Лучезарные открыли врата к вечному свету, столь ослепительному, что одни облаченные в одежды из рук самого Царя Духа могли в нем пребывать.

— Войди, возлюбленный сын мой, — сказал Царь, взяв человека за руку.

Человек не двигался.

— Где они, мои слабеющие братья? — прошептал он. — Без них я не приму блаженства.

— Кто он, что не повинуется Отцу? — заговорили ангелы и в страхе закрылись белыми крыльями.

— Он из тех, которые до конца доводят один подвиг любви. Все остальное приложится ему. Вы, приведенные сюда его любовью, помогите его неверию, — сказал Царь.

Из вечного света появились братья, за которых человек положил свою душу.

Он рванулся им навстречу и незаметно перешел в вечность.

Медведь Панфамил

I

Когда Панфамил убежал от своего хозяина, шестилетний Фомка сидел у него на плечах и визжал во все горло от радости. Вышло все совсем так, как он думал. Давно обвыкший, добрый медведь, как всегда при встрече, облизал его щеки красным пламенным языком, и все время, пока Фома, насупив брови и сопя во всю мочь, прилаживал к замку медвежьей цепи украденный ключик, Панфамил на всю комнату чмокал сахар. Потом мальчик вскарабкался медведю на шею, обнял за щеки двумя руками, пришпорил бока крепко пятками и поехал.

Сначала, словно генерал на смотру, важным, медленным шагом по комнатам, потом мелкой, опасливой рысью в ворота и неудержным галопом в неоглядную чащу Чернокутного темного бора. Там Панфамил осторожно стряхнул обомлевшего Фомку, облизал его сверху донизу и стал считать своим собственным медвежонком.

Научил Панфамил Фому лазить на дерево до самого неба. Научил, как выискивать сладкие корни, как выбираться обратно в берлогу по разным приметам из непролазного лесного малинника. Только одно: на двух ногах очень долго стоять не позволял, обижался. То и дело опрокидывал лапой, чтобы, как правильный медвежонок, больше двигался четырьмя.

Хорошо провел Фома лето, куда веселей человечьего: пищи — ешь, сколько хочешь, и все на подбор самой вкусной. Землянику с черникой будто кто-то на всех базарах скупил и в Чернокутный бор разом высыпал. От черники хоть рот и делался черный, как печная труба, а барыни такой нигде в лесу не видать, чтоб приставала к Фоме зубы чистить. И меду на выбор: темный, удушливый, цветов гречихи, или липовый, как густая смола.

Любопытно, что медведь не по книжке, а сам собой, наизусть обо всем ведал.

А поспели орехи — пошла потеха. Стали белки притаскивать их в огромнейших лопухах. Старая ежиха поскрепляла их ежовыми иглами. Только и дела в ореховый сбор Панфамилу: шустрых белок на мохнатой ноге на березу подкидывать, а они к нему сверху обратно на другую ступню нависают. Он их снова... и так разов до ста, все смотря по тому, кто сколько орехов поставит.

Фомка живо нагнал типунов полон рот, — так нащелкался. А медведь испугался, стал язык ему медвежьим салом скорей смазывать. Из своей лапы надавливал.

И вот к осени Фома омедведился. Стал жить с зверями — звериной жизнью. День они все начинали по солнцу, какое бы оно ни влезало на небо из-за дальних пригорков: кутаясь в белые ватные простыни, как из ванны, или ярко-желтое, будто яичный неразбитый желток от неслыханно крупной курицы. С появлением его зоркого глаза на небе каждый зверь навострял уши и слушал.

В тростниках, по макушкам дерев, по глубоким норам, по подземным пластам шел для всех неуклонный приказ Управителя, Доброго Зверя, что кому нужно делать.

Крот-седохвост, который обо всем под землею разведывал, давал честное слово, что Управитель живет в срединном земном огне. Уверял, — чуть было совсем до него не дорылся, да животу так вдруг сделалось жарко, что своего паленого волоса стерпеть не был в силах.

Птицы слышали Управителя сверху и считали, что он свил гнездо себе в облаках.

Звери думали: Управитель говорит из своей неприметной мудреной берлоги.

Но, самое главное, все одинаково понимали: если исполнить приказ Управителя — становится очень весело. О завтрашнем заботиться нечего, он опять утром скажет: значит, остальное время играй.

Панфамил с Фомой вечером шли на большую поляну. Медведь, опрокинувшись на спину, задирал кверху лапы, зайчики на них становились все четверо, а пятый — уж посреди живота. Фома кричал громко: "скок в четыре угла". Зайцы, как барышни косами, хлестали свои спины ушами, летели стремглав с медвежьей ноги на другую, сшибались мордами, путались в Панфамиловых космах. Жуки-олени, выбрав песчаное место, бодались до последней возможности, пока один другого на рога не вздымал. Червеедка-ежиха всю шестерню еженят за собой на луг волочила, дома покормить удосужиться никак не могла.

В последние сумерки перед темной ночью выходили из цветов хорошие запахи, все в зеленых чулках, и водили Фому по туманам. Запахи научали ни о чем ровно не думать, а быть как семечко одуванчика. Фома любил веселиться, а потому легко всему верил... взявшись за руки с хорошими запахами, он, как по спинам волнистых баранов, карабкался по воздушным лестницам. С тяжелых болотных туманов на легкие, надполянные. С надполянных в надлесные.

Если аист еще стоял на ноге, пока аистиха лягушками кормила аистят, он приветливо щелкал Фоме: "Просим милости, загляните в гнездо". Фома ловко прыгал с туманов на верхушку сосны, и по-турецки, под себя вобрав ноги, усаживался в круг прожорливых аистят. Аистиха из любезности и ему предлагала лягушку, но Фома неизменно уступал ее младшему, чем старый аист был очень доволен.

Когда Фома хотел спать, аист выщелкивал сигнал Панфамилу. И где бы ни был медведь, он непременно слыхал. Лез на дерево, вызволял своего омедведыша. На себе приносил загулянку домой, пихал мордой в угол, притыкался к нему мягким боком и спали.

Так и прожили: от ягод к орехам. От орехов к огородному сбору. Дождались гороха, морковок и полосатых арбузов. На пустопорожнем куске за селом чего-чего мужики ни насеяли.

Все бы шло, как по маслу, если бы не зима. Как ударили холода, закручинился Панфамил. У него к зиме сама собой шуба густела, а мальчишка хоть бы пухом оброс. Все по-летнему, как яйцо гладкий, одна кожа пупырится с холоду. В штанишки дует, от них за целое лето одни клочья мотаются. Первая выпала Панфамилу задача, как от холода Фому защитить. Несколько дней беспокоился, терся лбом о березу, припоминал, как одеваются люди. И однажды, уставясь в свою мохнатую шкуру — припомнил. Такая-то ободранная висела у хозяина на стене. Когда за окном наметало сугробы, хозяин снимал с гвоздя шкуру и, обернув на себя мехом внутрь, шел на улицу.

"И все-то у них с обманом, — презрительно думал медведь, — со зверя сдерут, сверху гладким обтянут, и как будто своя..."

Тяжело, медленно ворочал мозгами старик Панфамил, но зато, что поймет, непременно уж сделает. Так и тут: разослал белок за полевыми мышами. Зоркому копчику дал склевать двух глубоко ушедших в заднюю ногу клещей. Даром, что знал — норовит копчик с мясом выхватить. На все решительно шел Панфамил ради мальчика.

В один миг рассмотрел на окраине копчик подходящую пушистую падаль. Волчонка охотники пристрелили. Языками пошли воробьи стрекотать, по приказу медвежьему мышей на работу сгоняли. Мыши огрызли ожерельем вокруг волчью шею, и от глотки до самого низа протянули аккуратно по шкуре

120

дорожку, чтобы медведю сподручнее было ее обдирать. Как только Фома надел шкурку, червеедка-ежиха вмиг ее посередке скрепила молодыми неломкими иглами, что надергала из провинившихся малых ежей.

Теперь от Фомы пошел дух хороший, совершенно лесной, и все звери от малого до великого с ним побратались.

Но чем труднее Панфамилу было разлучаться с Фомой, тем настойчивее торопили его приказания Доброго Зверя: "Нельзя мальчику человечьи слова забывать, отведи его на зиму к людям".

Опустит голову, закручинится старый медведь и пойдет усердней Фому зализывать.

Наконец, с первым снегом, скрепя сердце, решился. Раным-рано, чуть запахи, утомившись ночными гуляньями, вновь полезли в цветы, Панфамил растолкал Фому теплой мордой. Сам нащелкал орехов, чуть не удушил, столько сразу за зубы упихивал. Накормил лучшим медом, а сам не поел. Открыл было рот, чтобы хорошенько куснуть, да из рук соты выронил. И завыл очень жалобно.

И в ответ его вою земля как-то екнула. Добрый Зверь повторил строго-настрого приказание.

Как все звери, понимал и Фома, что Управителя совсем невозможно не слушать. И хоть сразу оно тяжело, а что же поделаешь? Если Управителя не послушать, он говорить каждый день перестанет. А без него узнать очень трудно, что главнее всего надо сделать. Начнешь перебирать: то или это, а играть будет некогда. И видя, как тяжело Панфамилу, Фома первым взял за лапы медведя, поцеловал его крепко-накрепко и повел из берлоги...

Как дошли до последних овсов, примыкающих к самой усадьбе, медведь сунул мальчику в руку пребольшую морковку и, тихонечко воя, будто в каждой лапе он носил по занозе, повернул к Чернокутному бору. И побежал восвояси, не озираясь на мальчика.

II

В большом белом доме с колоннами проживала помещица Помидора. Было у нее имя, была и фамилия. Но как прозвал один шутник: Помидора, так и осталось. Очень уж подошло:

121

румяная, всегда веселая, то и дело варенье варит, грибы маринует, или еще что-нибудь. Без дела никогда не сидит. Любит, чтобы все у нее было на месте и под своим названием.

Вот когда шкаф большой для провизии заказывала, то день-деньской на бумаге ящики перегородками решетила, чтобы ни один из припасов без своей собственной клеточки не оставался. Есть такой один вроде апельсиновых зерен: кардамоном его называют. Это из-за него выборгский крендель так вкусно пахнет. И хоть этого кардамона на весь год меньше фунта выходит, Помидора и ему уделила квадратик.

Она не любила, чтобы зимой была оттепель, или в мае хватал зеленя лихой утренник. И не только потому, что убыточно, а не по календарю. Детей у Помидоры вовсе не было, и, когда стала старая, она очень соскучилась.

Вот почему, когда старичок-повар притащил к ней волчонка с человечьим лицом, иначе говоря, Фому в волчьем мехе, Помидора обрадовалась и сказала: "Волчью шубу сдери да в помойницу, самого в бане выпари, и пусть живет в комнатах".

Сразу Фоме даже очень понравилось. В бане вытерли докрасна. Кушать дали и после лесных сладостей все по-старому вкусные вещи: свиные уши хрящами, да жиром насквозь прошедшие, и вареники со сметаной. И когда теплый суп полился по душе, так вдруг стало приятно, как бывает от радости. Душа у Фомы помещалась по самой средине. Она темечком упиралась в его темя, а ноги свои, как в чулки, вставила всей пятерней в его ноги.

Вечером Фома очень скоро понял, как ему Помидора приказывала, стоя перед ней на коленях, раскорячивать руки, чтобы ей удобнее было сматывать шерсть. Теперь уж нельзя было не видеть, как сильно он в лесу омедведился. Разговоры хотя скоро стал понимать, но самому говорить было лень, да и скучно. Привык, что звери и без слов понимают и как раз то, что нужно, а люди под одним словом каждый свое разумеет.

— Как держишь руки, как? — высоким голосом кричит Помидора, распирая его ладони, пока шерстяные качели не станут тугой, ровной полоской, как проволока на телеграфном столбе.

— Так, так, — прибавляет она одобрительно густым, успокоенным голосом.

А Фоме сейчас видится, что слово "как" — это высокий, тоненький гриб на выжженном солнцем пригорке, а "так" — такой вкусный крепыш боровик, сидит в ямке, зеленым мхом обложен, а над ним переспелая земляника.

И очень долго совсем дураком он пришептывал: "Как так, так как..."

Но к весне Фома сильно соскучился у людей. Научился всему, что кругом него делали, и опять его в лес потянуло. В лесу Добрый Зверь, Управитель, на каждый день самое главное выбирал — только выполни. А тут люди сами себе дело придумывали, и так много, одно за другим, а играть уже некогда. Помидора никогда не играла. Утром с ключами она бегала по кладовым, ворочала припасы с места на место, потом холсты мерила, а шить из них ничего вовсе не шила. Так большими тюками все опять назад девки стаскивали. А больше всего без конца целыми вечерами мотки мотала. Как разноцветные апельсины, они в просторных комодах давили друг друга. А для вязанья, хорошо если моток на день приходится.

Перезимовал Фома у помещицы туда-сюда, ни хорошо, ни худо, а как в форточку весной потянуло, стал опять понемногу медведиться. Шерсть мотать не идет, под диван лезет. Со всех сторон подоткнется, чтобы сделалось темно, как у Панфамила в берлоге, пальцы в рот себе вставит и ревмя ревет. Очень в лес ему хочется. Много раз бежать ночью надумывал, да к окну подойдет и раздумает. Белым-бело еще от снегов, чуть только стаяли. Ни звезды, ни луны, небо — дикого коленкору. А в случае синее и от звезд глазастое, не все ли равно? Где пути, где тропинки, где заметки жилья Панфамилова?

Белка не выскочит, кроту-седохвосту на двор еще слишком холодно, даже дятел примет не сдолбит. Мертвым сном до весны отдыхают лесные, пока Добрый Зверь не разбудит. Это у людей, без порядка, круглый год неугомон все идет.

Затосковал как-то особенно раз Фома и пошел по всем комнатам: не услышит ли Доброго Зверя. Пригибал ухо к темным углам, животом приникал к половицам, оттянул тихонько веревочку душника — ничего, кроме черных, слежавшихся хлопьев.

Наконец, расшарившись, носом ткнулся в огромную пятнистую раковину. Прижал ее невзначай к уху и услыхал. Шум и гудение, как от далекой воды. Правда, сразу слов разобрать невозможно, но и то сказать: ведь давно он уж Зверя не слушал.

Омедведыш себе не поверил: целовал раковину в гладкую выгнутую спину, пробовал пальцами и языком к ней пробраться в средину, но разворачиваться она не хотела, только язык ему чуточку нарезками розоватых краев придержала.

Фома пошел спать вместе с раковиной и все время, пока не

заснул, слушал в ней лесной шум, а к утру ему приснилось, что Помидора вышла замуж за Панфамила.

"Все бы вместе и жили, — проснувшись, размечтался Фома, — зимой в большом доме, а летом в лесу. Только Панфамилу одежду приискать очень нужно. Как в лесу, здесь ему ходить голым совсем неприлично".

Между тем, время близилось к Пасхе, и особенно сильно несло с кухни поджаренным постным маслом.

Помидора пошла с Фомой в последний раз приложиться к выставленной плащанице.

Хотя на дворе еще можно было играть в орла и решетку, в приземистой сельской церкви было совершенно темно. В узком окошке под Николай-Чудотворцем продернулись в небе две ярко-красных дорожки зари.

И, взглянув после них в темный угол, Фома чуть что не вскрикнул. Ему почудился вставший на ноги Панфамил. Но, вослед Помидоры подойдя к старику с восковыми свечами, он рассмотрел, что огромный в углу был не кто иной, как великан-управляющий графским имением. Он приехал встречать заутреню и, как всегда, собирался переночевать у помещицы в доме.

Управляющий опустился земным поклоном и выставил на Фому две аршинных подошвы.

Вот с кого одежда подойдет Панфамилу, — вмиг прикинул Фома и задумался. Вечером, когда управляющий пошел в отведенную ему комнату ночевать и за дверь вынес платье для чистки, Фома живо стянул его брюки, меховую курточку и башлык.

Помидора со всеми прислужниками, по первому звону, подоткнув свои юбки, отправилась в церковь, а Фома проскользнул с украденным тюком к большому дуплу, упихал туда вещи и во весь дух пустился к медвежьей берлоге.

По оттаявшим черным кустам, по знакомым камням и другим, теперь видным приметам, он без запинки пробрался к Чернокутному бору.

Зимний сон Панфамила удался как нельзя быть. Добрый Зверь его принял в самое теплое место срединного земного огня, угощал на подбор чистыми сотами, без единой мертвой пчелы. Заслуженные вороны ему чистили шубу. И так успокоенно ему было, как будто бы в детстве, под матерью-медведихой. И чудилось: омедвеженный мальчик тут рядом и совсем никуда уже больше не рвется, знай себе наедается земляникой...

Но вот пошли таять снега, поползли ручьями, мелкой

124

сетью разузорили землю, прозмеились к Панфамилу в берлогу. Захолодало у него в ушах, защекотало в носу, пошел он чихать и прочихиваться. От частого чиха прикусил лапу, как пчелой ужаленный, вспрянул и вдруг пробудился.

Сейчас пошел шарить своего Омедведыша, нет его: ни меж лапами, ни по темным углам, ни в кладовой, где до последнего все как есть корни целы. Вспомнил все Панфамил и завыл.

Истомился, весне не рад. Тут ему выходить, себе жену-медведиху присматривать, а свое звериное больше не нравится. И медвежат заводить неохота: чему звери раз научились, то уж всегда одинаково делают. А мальчуган норовит все по-разному, и хотя иной раз за ним мудрено усмотреть, а забавно.

И понятно, что когда вдруг нежданно-негаданно в пасхальный вечер в берлогу просунулась человечья калоша, а за ней сам Фома, Панфамил зарычал на весь лес в сильной радости и так крепко подпрыгнул, что головой проскочил сквозь кротами налаженный потолок.

— Больше с тобой не хочу разлучаться, — целовал Омедведыш медведя. — Панфамилушка, золотой мой, женись на помещице, тогда будем все летом медведиться, а зимой жить в хоромах!

Панфамил терся мордой об мальчика и, хотя не умел думать четко, как люди, понимал все не хуже иного.

— Панфамилушка, выходи, сейчас служба. Ночью станешь около Помидоры, ночью в церкви, должно быть, темнее, чем днем, батюшка не рассмотрит и как раз тебя обвенчает.

Медведь улыбался и, как маленький, шел послушно за мальчиком. Был небольшой морозец, но совсем добрый, даже за щеки не щипал. На прощанье в последний раз он сковал тонким льдом придорожные лужи. И Панфамил с каждым шагом похрустывал, будто шел по яичным скорлупкам. Небо будто бы отдыхало. Без труда лили звезды свой свет. Из облаков уже никто не сновал больше без толку. Луны вовсе не было видно, она суетилась, отправляя последние куличи для святых прямо в солнце.

Под землей слышно было, как громоздились друг на друга пожилые кроты, вознося крест из молодой, только что зародившейся спаржи над подземным пасхальным столом. Озорники помоложе дрались земляными червями у срединного земного огня. Каждому лестно скорей было вынуть испеченные муравьиные яйца. Шепнет Добрый Зверь: "Христос Воскресе", ответить с пустыми руками и под землей не совсем-то прилично.

От лесных проталин, с большой дороги тянуло

праздничным духом, слышно было, как готовятся к заутрене птицы. Как заяц с зайчихой, послюнив лапки, помадят друг дружке вихры. Ждали, что скоро, совсем скоро выдохнет Добрый Зверь свое слово, лучшее слово за целый год.

Панфамил так вдруг растрогался, что застыдился себя самого. Застыдился, что грузный, что столько ему необходимо сожрать, чтобы быть сытым... он уставил в небо свои добрые карие глаза и, боясь задавить кого-либо из самых маленьких, пошел вдруг на цыпочках.

Как зачарованный, подходил Панфамил с Омедведышем к освещенному храму.

Далеко выкинуты были лари. Бабы, все до одной, в красных новых платочках, стерегли куличи, у которых в средине была проделана выемка для принятия святости.

Фома задержал Панфамила в кустах. Из дупла с трудом вытянул тайный узел, натянул медведю шаровары, закрутил в башлык голову и просительно зашептал:

— Вскинься на ноги, Панфамилушка, крестный ход.

Крестный ход двигался медленно, мужики страшно вскидывали волосами, усердные бабы молились сразу нескольким богородицам:

— Матерь Божия Иверская, Казанская, Козельщанская.

Осторожно протискивались к певчим, выставляли вперед узелки с разноцветными яйцами. Мальчики, отмытые в бане так, что носы их казались покрытыми лаком, вдруг смолкли и с радостным перепугом воззрились на регента. Учитель Аким Иванович всеми легкими вобрал в себя дух, удержал его сколько мог и, внезапно плеснув руками, густым звоном грянул: "Христос Воскресе!"

"Христос Воскресе..." — залились колокольцами чистые мальчики и громко, с облегчением, забыв считать богородиц, вздохнули бабы: "Воистину".

Добрый Зверь для зверей прогудел свое лучшее слово, и в один миг пошла земля кое-где набухать, как живая. Это на задние лапы вздыбились кроты, чтобы в ответ старшине-седохвосту, высоко вознесшему спаржевый крест, обменяться муравьиными яйцами. Невозбранно промеж них зарезвились червяки, а луна, улыбнувшись на общую радость: у святых, у людей, у зверей — не стерпела, и хоть маленькой скромной девочкой, а пошла гулять по небу.

В это самое время перед крестным ходом произошло чрезвычайное. Батюшка в светлой ризе, с расчесанной бородой, приняв медведя за управляющего графским имением, поклонился ему на особицу. Дьякон следом за батюшкой

126

подбросил кадило прямо в нос Панфамилу. Панфамил до того вдруг растрогался, увидав, что люди его не пугаются, не отличают совсем от своих, что он больше не выдержал, опустился на четыре ноги и завыл умилительно.

Меховая куртка, не вдетая в рукава, соскользнула, суконные шаровары как ни были добротны, а лопнули, и перед крестным ходом обозначился явственно пушистый коротенький хвост.

— Авоиньки, нечистая силушка, — заголосили бабы и покрылись подолами. Разметали разноцветные яйца. Крестный ход весь шарахнулся по кустам. Дьякон выронил в лужу кадило, угли, вспыхнув огнем, почернели, и кто-то, первым опомнившись, кинулся с криком:

— Ой, воры, держи!

Фома, ровно белка, взвился на медведя, дернул за ухо и шепнул:

— Выноси, Панфамилушка.

Панфамил встрепенулся. Вдруг припомнил железо в губе, холод, проголодь и, смахнув одним махом башлык, полетел, как мохнатая бомба, в берлогу.

По дороге он с удовольствием потерял и куртку и штаны управляющего и раз навсегда порешил: вместо того, чтобы самому человечиться, лучше брать к себе в отпуск Фому.

Пусть медведится!

Пассифлора

Знаменитый художник, еще юноша, прервав пиршество, вышел из города и поднялся на высокую гору.

Здесь, один, храня трепет незавершившихся поцелуев и уже готовый принять вдохновение утра, он не выдержал полноты мига и дерзко воскликнул: "Кто другой, кто источник? Я сам, я — творящий".

— Ошибаешься, ты исполнитель, — чуть насмешливо сказал старец, и на плечо положил ему руку, и в глаза глянул древними, как пирамиды, глазами.

— Старик, ты не здешний, — гордо вспыхнул художник, — и ты, верно, не знаешь, что это я написал Красоту. До сих пор толковали о ней наугад; я один вызвал все ее краски, я один навсегда отделил от нее безобразие. Люди плачут от радости, что одним бременем у них стало меньше, закрепленная тайна не мучит... Это ль не творчество, назвать людям тайну?

— Да, я ошибся, — чуть дрогнул старец улыбкой. — Ты не исполнитель. Исполнитель должен быть мудрым, чтобы не исказить начертаний Творца. А мудрость, художник, не знает различия: подобно оку, она равно видит все, что вмещает. Я ошибся, ты просто наемник.

Старец скрылся, а юноша, с досадой решив, что это был странный безумец, спустился в родную долину.

— Божественный, нарисуй нам скорее Добро! — окружили его почитатели. — Собери его вместе, как собрал Красоту; мы тогда твердо узнаем, где зло, и опять будем невинны, как были в раю.

Вот безобразие... теперь его всякий видит.

— Ах, вы не так меня поняли... — вдруг смутился художник. — Все дело в том, как падут лучи солнца. Безобразия нет.

— Не верьте ему, — закричали толпе почитатели, — художнику не полагается знать, что он творит; это даже в учебниках...

— Мы не хотим больше выбора, мы устали, — заволновались в толпе, — пусть называет все тайны, пусть даст нам готовую жизнь, ведь на то он избранник.

Но художник не скоро написал им Добро. После того, как он поговорил с древним старцем, глаза его стали видеть во много раз больше, чем могли сказать краски. Пред пустым полотном с незапачканною кистью сидел он напрасно, подыскивая цвет и форму.

Лишь только он мысленно делал выбор, память сей час, как докучное эхо, кричала: "Мудрость не знает различий", и, бесконечно раздвигаясь, утрачивал образ силу и, как мыльный пузырь, не вмещая в себя бесконечность, падал на душу утомительной бисерной пылью.

Наконец, перед самой выставкой художник с равной любовью сверху донизу покрыл необъятное полотно всеми красками, какие только были на свете.

— Он больше не может учить нас; посмотрите, он стал безумцем, — с раздражением заговорили на площади, и вчерашние почитатели разбежались по городу искать новых избранников, искать тех, кто захочет с ними вместе давать имена безымянному...

— Я теперь не наемник, я уже исполнитель, — про себя усмехнулся художник.

— Милый брат, они правы на своих площадях — ты безумец, — протянул ему руку пишущий книги, которых никто не читал. — Человек, как бы ни был велик его гений, чтобы быть понятым, должен опираться на мир. В мире же все разграничено. Войди, друг, в берега или, как я, погрузись в созерцание.

— Мое начертание — безумие бега, — сказал тихо художник, и, забрав свои краски, не обернувшись ни разу на город, он ушел на высокую гору.

Дикий боярышник стал колоть ему руки, и каждый камень, обрываясь под нетерпеливой ногой, казалось, тянул его снова обратно.

Но художник не выпустил ящика красок, не вздохнул, не присел, не отер со лба пот, пока не пробился до самой вершины.

На камнях сидел древний старец в такой тихой думе, что цветы и деревья, потянувшись к нему, как бы замерли, и сам воздух, недвижный, держал золото последних лучей.

— Отец, ты ограбил мне душу, — сказал гордый юноша. — Художнику незачем было слышать о мудрости. Расплескивать свою силу равно на весь мир — это значит никогда ничего не создать. Одна жажда творчества жжет меня, и прошу тебя, старец: возьми обратно мою новую зоркость и верни мне былое пристрастное око или проведи меня скорее в область, где я снова найду сам себя.

— Дитя, — сказал с грустью старец, — назад уж тебе невозможно: гора, падая, разрушается, и змея, сменив кожу, не вползет вновь в иссохшую.

— Отец, я не знаю, зачем я ушел с пиршества, но не

129

мудрости я искал... я слишком любил хмель мгновений, я любил даже хрупкие чаши, вместилища хмеля. Я огонь. Где же гореть мне? Где гореть мне вне мира, учитель...

— Я укажу тебе место... — как бы в восторге вымолвил старец и, пригнувшись к художнику, глубоко пронзил его душу очами. В них больше не виделось знания веков, только любовь, мировая любовь отца к сыну.

— Возьми с собой все, что имеешь заветного, — сказал старец, и художник, указав ему молча на палитру и краски, охваченный странной дремотой, склонился на землю. Старец на миг простер над ним руки и на самое сердце затихшего возложил цветок Пассифлору, цветок страстей Господа.

— В нем, раскрытом, найдешь себя снова.

Когда художник очнулся, он был уже одни среди серой бесформенной мглы. Краски на палитре от прикосновения старца горели дорогими огнями, сама жизнь трепетала в них.

— Скорее полотно!

Но полотна не было, а вместо кистей в руке дивный цветок Пассифлоры.

— Ничего твоего, кроме твоего страдания, не остается при тебе,— чуть донеслись слова старца, а из густой серой мглы стали выявляться образы, бледные намеки на людей с большими пустыми глазами, с искаженными лицами. Они густой толпой окружили художника.

— Отдай твои краски, почему они у тебя?

— Прочь, — сказал властно художник, плащом укрыл сокровище и поднял высоко нераспустившийся цветок Пассифлоры.

Искаженные трусливой стаей отхлынули прочь, а новой волной серой мглы принесло новые образы, иные бледные намеки на людей. Лукавые, с гибкими пальцами, чуть шурша, проползли они под плащом к самому уху. Улещали, томили, брали волю, и тихонько, незаметно хотели отнять его краски.

Но художник зорко держался на страже, он лживых откинул могучей рукой и над ними поднял Пассифлору. Но они не видали цветка.

И вот подошли к нему третьи: то были глухие, немые, но кроткие. Они потянулись к горящим краскам, улыбаясь улыбкой детей, заключенных в подвалах, и цветок Пассифлоры увидели они, склонив низко головы, водянистые тыквы на мягких стеблях, и, как для молитвы, сложили бледные, бескровные руки.

Художник похолодел от предчувствия жертвы, с головой он накрыл себя черным плащом. Но кроткие, как плющ, обвили его члены, приникли к горячему телу и самой страшной, бессловесной мольбой умоляли отдать его жизнь.

Но богатый боялся отдать, он боялся, что ничего не получит взамен, и всю ночь до зари простоял без ответа, холодный и жестокий.

Настало утро. На высоких горах чуть дрогнул свет, чуть долетел звон проснувшихся колоколен.

— Скорей в родной город... — подумал художник. — Пусть опять хмель мгновений, пусть опять грош наемника, только бы снова, еще раз отдохнуть в огражденном!

— Ни минуты отдыха, сын мой, а то отверзнется бездна и назад уже поздно: гора — падая — разрушается... — неизгладимый припомнился старец.

— Поистине, мертв Искупитель мой! — простонал чело-век и, стряхнув в бешенстве слабых, сжал сталью мускулы и вспрыгнул на высокий уступ, чтобы ввергнуться в бездну.

Но кроткие поняли, что он их хочет покинуть, они испугались и стали цепляться прозрачными членами за холодный гранит. И опять обрывались и плакали.

Художник обернулся и, прижав к сердцу цветок Пассифлоры, опустил свои гордые веки. В мгновение, которое длилось вечность, он познал, что отдавать лучше, чем брать и, сойдя тихо с горы, сбросил плащ, отдал краски и в беспросветную мглу он простер свои покорные руки.

И они все, бледные лики, вошли в него.

Они взяли всю кровь жил его.

Силу мышц.

Самое дорогое взяли они — дивное зрение его очей.

— Нарисуй нам Солнце, — умоляли они, — ты ведь художник.

— Вы отняли у меня все, — прошептал он. — Без красок, без силы, незрячий, какой дам вам свет?

Но они, безрассудные, плакали и не переставали просить.

— Но мне больше нечего...— и, как ребенок, как самый маленький, он упал на землю, поднял к небу опустошенные очи. Пред собою положил цветок Пассифлоры.

— Они так сильно просят, да будет, да будет! — как безумный, шептал он, забыв и вес, и меру, и очертания. — Они сильно просят, им значит надо...

И распустился сомкнутый цветок. Брызнуло пламя из розы креста, всеобъемлющим кругом стала малая точка.

— Это я... — изумился художник.

Но последнее слово было сказано не на земле, и в ответ этому слову созвездия дрогнули: "Слава"; а жизнью вызванный к жизни новоявленный мир тихо двинулся вокруг нового солнца.

Духовик

I

Кухаркин сын Ганя хотя не умел ни читать, ни писать, был все-таки очень умный. Он все выдумывал из одной своей головы, которая сидела у него на узких плечах большая-пребольшая.

— Котел-голова! — говорила о ней кухарка Плакида, мать Гани.

Игрушек у Гани не было, в "чистые комнаты" пускали его неохотно, и поневоле принялся он высматривать да выведывать все, что в кухне находится.

Вот принесет утром кухарка Плакида корзинку с базара, поставит на стол, а сама пойдет с нянюшкой тары-бары-растабары — позабудет и думать о своей корзине.

Тут Ганя подкрадется и выхватит все самое интересное: морковку большую с наростами по бокам, будто с детками или с пальцем-мизинцем; хрен жилистый, у которого два глазка, да не рядком они, а глазок над глазком, и мало ли еще что!

Но удивительней всего было то, что в громадных венках толстого рыжего лука, развешанных по стене в кладовой, Ганя знал, как ему выискать луковку-Двоехвостку.

Эта Двоехвостка была луковка не простая, а волшебная.

По виду ничего не скажешь: все самое обыкновенное, луковое, только два ровных зеленых росточка торчат, отсюда и прозвание ее — Двоехвостка.

Если на эти ростки насадить по сырой макароне, чтобы походило, будто луковка стоит на ногах, и положить ее на ночь в духовой шкаф, то в полночь дверцы сами собою расхлопнутся. и в Двоехвостке окажется Духовик.

Переходя вместе с матерью из одной кухни в другую, Ганя узнал наверно, что в каждом духовом шкафу живет Духовик.

Днем в этом шкафу пекут пироги с капустой, с визигой и с рисом, а по воскресеньям — воздушный пирог, тот самый, за который часто бранят кухарку, будто она дала ему убежать.

И это знал Ганя: пироги убегать не умеют, они безногие. А если сидит пирог в печке пышный да рыхлый, а как вынут его — одна черная корка на сковородке, это значит, все вкусное выел сам Духовик.

Ганя думал сначала, что Духовик в каждой кухне разный: где часто делают сладкие пироги-толстый, где редко-худой. Но потом он узнал, что Духовик никакой. У него самого нет ни рук, ни лица — один дым печной, оттого-то и следует класть ему Двоехвостку.

Он войдет густым дымом в луковку, из макарон, будто черные сапоги, выставит комки сажи, дверцы раскроет, прутиком хлопнет: раз, два! А в прутике колдовство. Прутиком делает Духовик превращенья: кого хочешь с кем хочешь обменит.

Если с мышкой, вползешь в мышиную норку, если с блошкой, вздохнуть не поспеешь, запрыгаешь! А с клопом поменяешься, клопомора не бойся — не помрешь.

Если и брызнет, случится, — вскочит прыщик, вот и все.

Одно условие в кухне: быть всем без обмана.

Сколько договорились сидеть в чужой шкурке, столько времени ты и сиди, отдыхай! В кухне все честно разменивались.

У котика Ромки, случалось, животик заболит, на улицу ему бегать холодно, он и ластится к Гане:

— Я в постельку хочу, компресс теплый, микстуру... а на небе ракеты пускают!

Знает хитрец, чем мальчишку поддеть! Чтобы ракеты смотреть, Ганя ночевать готов где угодно.

Вот и сменятся, превращенками станут: мальчик — котиком, котик мальчиком, и довольны.

Обо всем кухонном, что знал мальчик Ганя, знал и Петрик, хозяйкин племянник. Петрику очень хотелось с кем-нибудь обменяться, но с прусаками, клопами и блошками ему было противно, а котик Ромка ни на один день не желал превращаться в хозяйского мальчика: боялся зубной щетки и французского языка.

II

Барыня, которую Петрик звал попросту "тетя Саша", куда-то съездила по железной дороге и привезла, вместе с грибами, вареньями и соленьями, настоящего ручного зайца.

Заяц сидел на полу в кухне не двигаясь, длинноухий, будто бы не живой, а сшитый из мохнатой материи, из какой делают медвежат.

Тетя Саша, добрая старая дама, звеня на ходу длинными серьгами, поставила зайцу блюдечко с молоком и прошла дальше в комнаты. Заяц дернул раз, два плоским носом, задрал кверху уши и стал очень похож на осла.

Петрик с Ганькою засмеялись, а заяц как хлопнет на них изо всей силы задними лапами и марш к молоку.

Но вот увидал кота Ромку, попятился.

Кот Ромка, задрав кверху ногу, искал в хвосте блох, а со стороны похоже было, будто он играет на виолончели.

"Как тут зверей перекручивает, уж не от этого ль молока!" — подумал с опаскою заяц.

А кот словил блоху, раскрутился и сердито сказал:

— Пей, дурак, а не то выпью я.

Кот сказал не по-кошачьи, а по-звериному вообще, так что заяц его сразу понял. Он пригнул опять уши к спине и окунул поскорей в молоко всю морду с седыми усами.

Ганя и Петрик молча гладили зайца, щупали ему хвост и холодные уши. Когда заяц втянул последнее молоко в свое пушистое горло, кот Ромка вытер его блюдце шершавым своим языком и сел в сторонку.

Кот вытер блюдце из вежливости, потому что считал себя в кухне хозяином, а зайца гостем.

Но все же, чтобы заяц не зазнавался, кот ему сквозь зубы смурлыкал:

— Будешь съеден в сметане!

— Брысь, негодный! — закричал коту Ганя, который отлично понимал по-звериному. Он швырнул в кота старой катушкой, а зайца взял на руки.

— У меня мама вдова, — сказал грустно заяц, — она с перешибленной лапкой, а папеньку съел мужик. Зимой маме с голоду пропадать!

Ганя задумался и спросил:

— А далеко к маме сбегать?

— Куда далеко! — обрадовался зайчик. — Сейчас за городом лес, за лесом поле, за полем речка, за речкою хутор, за хутором ляды, вокруг пенышек земляника, под земляникой нора, в норе моя мама.

— Землянику поди-ка теперь посвисти! — насмехался Ганька. — Клюкву, и ту поморозило. Поститься, брат зайчик, всю зиму твоей матери Серохвостихе!

Заплакал зайчик, просит:

— Отпусти меня!

— Отпустим его, — догадался и Петрик, — что мучить!

— Пропадет с голоду, припасу у них никакого, а зима на

носу, — раздумывал Ганька. — Вот обменяйся с ним, Петрик, да снеси-ка маме его, Серохвостихе, всякой штуки: капусты, моркови, кореньев, — тогда и его домой пустим.

Петрик даже пискнул от радости:

— Наконец поживу в чужой шкурке, своя так надоела!

— Нынешней ночью и вызовем Духовика, четверо нас, — сказал Ганька с важностью, — двое людей, двое зверей. Эй, кот Ромка, слышишь ты, не смей удирать!

— Мурлы-курлы! — неохотно согласился кот, которому смерть как хотелось нынче бегать по крышам.

Ганя взял на руки длинноухого, и пошли мальчики с ним по углам и закуткам: вещи трогают, называют, суют зайцу под самую морду, чтобы он назавтра, когда станет мальчиком-превращенкою, ничего не напутал.

Когда позвали обедать, Петрик посадил зверя рядом с собой.

— Брось, Петринька, зайца, — сказала тетя Саша, — животному за обедом не место.

А няня прибавила:

— Грех оно, Петринька, грех: заяц нечистым считается.

Петрик спустил зайца, а тот, рассердясь на больших, как хлопнет под дядиным стулом ногами, дядюшку испугал.

— Загнать в чулан его! — кричит дядя.

Петрик отлично сидел за обедом, ничего не ел руками, попросил супа вторую тарелку. Как только тетя Саша его похвалила, он к ней заласкался и сказал тонким голосом.

— Позвольте завтра совсем не учиться, у меня что-то головка болит.

Это Петрик заботился, чтобы зайчика-превращенку завтра не очень мучили.

— А когда болит — не шали, — сказал строго дядя, — когда болит — ложись спать, боль заспишь.

Только лампы зажгли — уложили Петрика в кроватку, а он как раз этого и хотел. До ночи выспался, а как стала няня свою перину взбивать, так уже притворно пустился храпеть зараз и носом и горлом, совсем так, как выучил его котик Ромка.

Нянюшка, обрадованная его крепким сном, повздыхала, поохала, сколько ей было нужно, и ушла с головой в свою перину. Тетя Саша пощупала у Петрика лоб, обрадовалась, что нету жара, и, как всегда, побрякивая серьгами и браслетами, пошла к себе.

Часы пробили одиннадцать. Щипал себя Петрик то за одно ухо, то за другое, чтобы как-нибудь не заснуть, пятнадцать раз сказал: "Турка курит трубку, курка клюет крупку", и всякий раз неверно: все выходило, что курка курит, а турка турит, — а Ганька и не думал ему сигнал подавать, как уговорились.

"И что такое может делать кухарка Плакида? — с досадою думал Петрик, видя на кухне свет. — Быть может, она лицо меняет: днем оно у нее кухаркино, а ночью принцессино, и она куда-нибудь улетает на гусиных перьях? Всегда ведь просит, когда жарит гуся: "Разрешите, барыня, перо взять себе!" А на что ей оно?"

Туп-ту, туп-ту... — побил Ганька пестиком в ступку.

Петрик вылез в одной рубашонке из кровати, обошел вокруг няни на цыпочках и пробрался на кухню к Гане.

III

На кухне, как раз над духовым шкафом, был прикапан стеарином огарок.

Ганя вытащил из кармана волшебную луковку, насадил ей на ростки макаронки, а повыше провертел шилом дырки, чтобы Духовику было куда продеть руки.

Когда Ганя стал облупливать с Двоехвостки ее желтые юбочки, те самые, что зовут "луковые перья" и прячут к пасхе для окраски яиц, Петрик заметил, что луковка пахнет прескверно, а значит, ничего в ней и нету волшебного. Но Петрик сейчас же испугался такой мысли: а ну как Духовик угадает, что он подумал, и не захочет явиться! И, схватив скорей Ганю за руку, он с ним трижды сказал:

В печке, за заслонкой
Духовик живет.
Ноги — макаронки,
Луковка — живот.
С дымовой
Головой,
Чародей,
Покажись нам скорей!

Петрик так крепко зажмурил глаза, что перед ним стали плавать разноцветные пятна и голова закружилась: вот-вот подломятся ноги, и он упадет.

Вдруг за заслонкой будто горошинка набухла и лопнула,

137

одна, другая. Дверцы духового шкафа распахнулись — выскочил Духовик.

Луковка в середине, над луковкой длинная дымовая головка с курчавою бородой. Из проткнутых дырок крученым дымом вылезают пять пальцев — мышиные лапки. А ноги — крепкие толстые макароны, в коленях без сгиба.

Как выскочил Духовик, сейчас в лапку взял прутик из веника, а в прутике колдовство.

Сидит Духовик на плите, макаронками в изразцы постукивает, сам себе такт отбивает, свою песню поет:

Тук, тук, тук!
Мой животик — лук,
Макаронки — ноги,
Ходят без дороги;
Дымовая голова
Знает тайные слова.
Тук, тук, тук!
Я не зря стучу:
Становитесь в круг,
Превращу, превращу...

Нянюшке старой чудится, будто это дождик идет, кап да кап; а звери и насекомые вмиг догадались, что стучит Духовик.

Вот полезли из щелок тараканы, клопы, уховертки, все домашнее побросали. С потолка мухи попадали: так заспешили, что из ума у них вон, что летать умеют, крылышки свои посложили, лапки поджали, и бац — прямо на пол к Духовиковым ногам.

Из подполья пришли мыши, крысы. На квартирах одни только мамки с грудными остались.

— Строй-ся! — махнул прутиком Духовик, а в прутике, знают все, колдовство.

Ганька с Петриком поклонились, а за ними и заяц и кот.

А кругом сидят мыши, кота не боятся, на прусаков блохи прыгают, чтобы им лучше видать: блохи ростом ведь крошечки. Духовику все поклонились, все кричат ему:

— Ваше кухенство! Ваше кухенство!

Скомандовал Духовик:

— Строй-ся!

— Кочергу! — заорал из немытой кастрюли Кастрюльник.

— Кочергу! — сказал с важностью Духовик. — Беритесь, кто с кем меняется.

Седые крысы подали в зубах кочергу и, приседая как хорошие дамы, отступили назад.

— Эй, вы, держитесь, сейчас превращение! — заорал снова из немытой кастрюли Кастрюльник. Перегнулся на тоненьких ручках, хихикает. Шишковатый лоб, нос крючком, вместо волос голова кашей измазана, каша на брови сползает.

— Эй, вы, — хихикает, — кто от кочерги руку пустит, рука ногой станет, нога — рукой.

Петрик зажал кочергу в обоих своих кулаках, правый ухватил над левым, а зайчик сверху лапочки положил.

Духовик стукнул макаронками в изразцы и сказал:

— Повторяйте:

> Я зайчик, я мальчик.
> Мы меняемся:
> Мальчик в зайчика,
> Зайчик в мальчика
> Превращаемся.

Кастрюльник выскочил до половины из своей немытой кастрюли, как гаркнет:

— Ушко в ушко — меняйте душки!

Петрик пригнул свое ухо к уху длинному заячьему и в ту же минуту почувствовал, что оно уже его собственное, что шевелится и дрожит его плоский нос, на губу выбежали седые усы, а задние ноги вот-вот подскочат и хлопнут об пол.

И Петрик-заинька хлопнул что было силы ногами, будто стрельнул пистолетом.

Вдруг из няниной комнаты послышались охи-вздохи, и, завидя свет, няня, шаркая туфлями, направилась прямо в кухню.

Духовик побросал на пол свои макаронные ноги и волшебную луковку, а сам черным дымом ушел живо в дырку для самоварной трубы.

Кастрюльник прикрыл себя крышкой. Ганя шмыгнул в свой чулан, мыши, крысы ударились врассыпную.

Одни тараканы, показавшиеся Петрику вдруг огромными, как щенята, бесстрашно заползали по стенам.

— Петринька, прости господи, что ты здесь делаешь?! — вскрикнула няня и, схватив на руки что-то громадное, понесла его с причитаньями в детскую, а проходя мимо настоящего Петрика, толкнула его туфлей в нос и проворчала:

— Из-за тебя, зверь проклятый, дите заболело.

Петрик собрался было крикнуть, что ему это очень обидно,

139

но из горла вылетел только писк, а когда он поднял руку, чтобы почесать свой зашибленный нос, оказалось, что вместо человечьей руки у него просто-напросто заячья лапка, пушистая, с коготками.

Понял, наконец, Петрик, что вправду обменялся с зайчиком, и, хотя сам этого очень хотел, теперь вдруг обиделся и заплакал.

IV

Итак, мальчик Петрик стал зайчиком, а настоящего зайчика, вошедшего в тело Петрика, няня снесла в постельку, побрызгала с уголька и, подождав, пока он сделал вид, будто спит, пошла обо всем доложить тете Саше.

А зайка, ставший мальчиком, вскочил по привычке на четвереньки, при помощи Гани надел на себя костюм Петрика, перекинул за спину большой мешок со всякой всячиной и ну драла в лес, к Серохвостихе, своей маме.

Уже светало, когда он, наконец, доискался следа. Солнце выплыло из лесу румяное от холода, будто большой красный мячик; первый мороз отполировал землю, и зайчику-превращенке идти с непривычки всего только на двух человечьих ногах было очень трудно. Скользил и хлопался носом. Одно хорошо было — холода не боялся: под одеждою мальчика все еще будто чувствовал свою прежнюю заячью шубку.

— Тетя белочка, как здоровье моей старой мамы? — спросил он пушистую белку, которая кувыркалась через голову ради собственного своего удовольствия.

Белка, увидя подходящего к ней человека, махнула стрелой с одного дерева на другое и уселась на самой верхушке.

— А я твой секрет воробьям расскажу! — крикнул ей вдогонку превращенный зайчик. — Кто в прошлом году крал орехи из соседнего склада? Воробьи белкам скажут, белки хвост тебе выдерут.

Тетя белочка засмеялась. Она поняла, что это зайчик из Серохвостиной норки, колдовством ставший мальчиком, вскочила ему на плечо и сказала:

— Про себя знай да помалкивай, а твоей мамы нора вот тут, как раз под корявыми пнями.

Превращенка-зайчик лег на землю и просунул кудрявую голову в черную нору, где его мать Серохвостиха лежала грустная, вдовая, со впалыми боками и прижатыми ушками.

— Маменька, — сказал зайчик-мальчик по-заячьи, — я ведь старшенький ваш, Серохвост, сменил только с мальчиком шкурку, нате, маменька, вам гостинец. А если вы мне не верите, хотите, скажу, где у вас тайная родинка... Под переднею левою лапкою.

Серохвостиха подняла свою лапку, проверила родинку и сказала:

— Дай я тебя оближу.

Превращенка-заяц вставил в нору свою голову, и зайчиха поласкала его лапками и языком столько, сколько хотела, потом отодвинулась и сказала:

— Подавай гостинец!

Зайчик вытащил из мешка все, что было: орешки, морковки и сахар. Мама его подгребла все это под себя и пустилась зубами точить.

Тупа-та, тупа-ту... сбежались со всех сторон зайцы, зайчихи, ежи и ежихи, даже приплелся один крот седой. Воробьи-любопытники далеко разнесли: пришел с виду мальчик, а на самом-то деле он зайчик.

Звери все превращенку обнюхали, потолкали, потрогали, своего в нем признали. От смеха за животики ухватились, катаются: мальчик, а зайчик!

И опять его трогают, опять нюхают, с сапог гуталин весь слизали, потом стали лестничкой друг дружке на плечи, слепой крот последний, и башлык лапкой тронули: все, все как у человека.

Вдруг на пенышек выскочил старый заяц Ушан Бесхвостый, от которого все здешние зайцы пошли. И сказал превращенке:

— Серохвостин сын и внук Серохвоста, колдовством ставший мальчиком, слушай: не разменивай своей шкуры, будь до самой смерти твоей превращенкой, таскай нам от человека припасы.

Превращенка-зайчик сложил вместе руки и стал изо всей силы звать на помощь Духовика. Он очень ведь мучился, не зная, что делать: своих жалко, но и Петрика обмануть неохота, добрый он. Да и на двух-то ногах всю свою жизнь проходить не великая радость.

— Выручай, Духовик! — просит заинька превращенный, — на двух ногах пяткам больно ходить.

Духовик хотя спал еще, но сейчас встрепенулся и послал честному превращенке наговорную муху-Шептуху.

Муха-Шептуха почистила крылья и, не прожевав даже завтрака, полетела на поиски Петрикова дяди, который давно уже взял извозчика и ездил по городу, ища всюду пропавшего мальчика.

Наговорная муха-Шептуха села дядюшке на ухо и сказала:

— За городом лес, за лесом поле, за полем речка, за речкою хутор, за хутором ляды, вокруг пенышек была земляника, под бывшею земляникою нора, у норы стоит мальчик.

Дядюшка похвалил сам себя за догадливость, отмахнул муху прочь и поехал скорее за город.

— Го-го, — закричал он, увидав издали превращенку-зайчика, которого, конечно, принял за своего племянника Петрика.

Звери кинулись кто куда, а заяц-мальчик сейчас догадался, что Петрикова дядю прислал ему на помощь сам Духовик, и побежал дяде навстречу.

V

Дядя на дороге не говорил ни слова, только, сдав дома мальчика-зайчика нянюшке на руки, сердито буркнул:

— Уложить в постель!

Тетя Саша и няня от радости так мальчика целовали, что даже побранить позабыли, а что он — превращенный зайчик, им совсем невдомек. Это только в лесу разнюхали звери правду, а люди разнюхивать не умеют, они глазам одним верят. А для глаз: зайчик кажется мальчиком, мальчик кажется зайчиком.

Но куда приятней было бы превращенке, если бы люди его побранили, да не сделали б таких неприятностей: холодной водой вымыли и лицо и руки, а потом дали горькую хину, которая жила в хинном домике, похожем на белую толстую пуговицу.

Кухонный мальчик Ганя лежал тоже в постели, только вместо хины ему влили ложку тягучей касторки — "оттянуть глупость от головы", — сказал седой дядюшка.

Дело в том, что наутро, едва няня хватилась, что Петрика нет ни в шкафах, ни под стульями, и поднялся в доме плач, Ганя не выдержал, схватил на руки зайчика — превращенного

Петрика и, дивясь про себя, что нести его так легко, рассказал старшим в чем дело: и про Духовика, и про превращения, и куда и зачем ушел мальчик-зайчик.

Плакал Ганя, просил подождать всех до полуночи. В полночь как раз превращенки между собою разменяются... Но большие ничего не поняли, большие ничему не поверили. А мать, кухарка Плакида, еще за вихор отодрала и, пихнув ногой зайца-Петрика, проворчала:

— Все из-за этого, из-за ухастого, обдеру ему завтра шкуру.

Ганя так испугался, что слова у него в горле застряли, и до самой до полуночи неподвижно лежал он в постели, нащупав под тюфяком волшебную луковку-Двоехвостку: "Духовика ночью вызову. Духовик все распутает..."

А под Ганиной постелью присел, ни живой ни мертвый, превращенный Петрик в трусливом заячьем теле.

Он дрожал, дергал носом и проклинал все, что знал на свете: Ганьку за то, что подбил обменяться, зайца за то, что лежит в чистой кровати, а он тут в грязи, в паутине, и чихнуть не смеет: услышит Плакида, возьмет да в сметане зажарит.

Сердится Петрик и на тетю, и на дядю, и на няню: "Значит, они меня никогда не любили: сменил шкурку — узнать не умеют".

И превращенный заяц тоже метался в тоске по чистой Петриковой кроватке: "Ужель всегда буду мальчиком! Есть горячее, умываться холодной водой, чистить зубы — все страшно!"

— Дай, Петринька, ноготки остригу, — идет няня с ножницами, а превращенка ушами задвигал, нос сморщил и шасть под кроватку!

Душа ведь осталась заячья: чуть что, сейчас задрожит, будто студень.

— Ай, ай, ой, ой, как он вдруг изменился, — заплакала тетя Саша.

— Розог ему, розог, пусть только будет здоровым! — сказал строго дядя.

Одна только нянюшка ничему не дивилась: дитя растет, все это к росту.

VI

Ночью сполз Ганя кое-как с постели и вместе с зайцем-Петриком прокрался к духовке Духовика вызвать. Вот уже на луковку-Двоехвостку насадил макароны, проткнул дырки для рук и положил в духовой шкаф. Еще карамельку Ганя прибавил, не пожалел, только бы Духовик объявился.

Вдруг бежит котик Ромка, мяучит:

— В детскую дверь на ключ заперта, нету выхода, не разменяться теперь превращенкам!

Всхлипнул Ганя, а зайчик-Петрик подумал: "Съедят меня в жирной сметане!" и упал с горя в обморок. Лапки вытянул, рот разинул, лежит неживой под скамейкою.

Котик с Ганькою, оба в слезах, взялись перед печкою за руки и сделали вызов.

Злой выскочил Духовик, хмурый; вместо обычной команды "стройся" как чихнет черным дымом!

— Знаю, знаю, — ворчит, — мальчик с зайчиком разменяться не могут из-за умных старших людей. Двери заперли, ключ в карман положили. Один раз убежал думают, всегда будет бегать.

Разворчался Духовик.

Ганька с котиком стали на коленки и взмолились ему:

— Дяденька миленький, разменяйте у превращенок душки!

Духовик чихнул опять дымом и, конфузливо озираясь, забормотал:

— Я за глаза разменять не могу, надо вызвать начальника...

Духовику было очень неприятно признаться, что не он самый главный на кухне. Вот почему вместо команды "стройся" он чихнул только дымом. "Пусть, думает, — один только кухонный мальчик узнает, а прочая мелочь — крысы, мыши, прусаки и клопы так и считают, что я самый главный на свете".

Духовик, качаясь на своих макаронных ногах, прошел к большому котлу с горячей водой, который был вмазан рядом с плитой.

— Ваше высококухенство, Евмей Фуфаней, — поклонился, он низко-пренизко.

— Их громкобульканье! — взвизгнул в немытой кастрюле Кастрюльник.

В котле с горячей водой вдруг из множества мелких вспух один громадный пузырь. Дулся, дулся и вздулся — куда толще всякого мыльного. Лопнул — а из него выбулькнул сам главный кухонный житель — Евмей Фуфаней.

144

Пузо круглое и прозрачное, сквозь него сковородки виднеются. Голова тоже пузырь, но поменьше, и руки пузырные. На руках пальцы-пузырьки. Глаза, нос и уши — все, все надутое, вот не выдержит — лопнет или вверх улетит.

— Пуф, пуф! — сказал Евмей Фуфаней и с каждым словом пускал в воздух переливчатый крепкий пузырь. Так эти пузыри и летали, не лопаясь, над плитой.

Духовик высоко поднял колдовской прутик, ударил им изо всей силы по своей макаронной ноге, нога сломалась, он встал будто бы на колено, стегнул по другой — стал на оба и пискнул:

— Помогите, ваше высококухенство, разменять зайца с мальчиком!

— Пуф, пуф! — опять выпустил пузырьки Евмей Фуфаней, всплеснул руками и пошел лопаться. Сначала пропали пузырьки-крошки, потом пузыри, потом толстое пузо-пузырище. Громадное пузо-пузырище так громко лопнуло, что кухарка Плакида ахнула и увидала страшный сон.

А на кухне вот что случилось: едва лопнули Фуфанеевы пузыри, как взвилась над котлом преогромная муха-Шептуха с мешочком за крыльями.

Муха села зайчику-Петрику на нос и хоботком втянула в себя его душку, пропихнула ее в мешок лапками, задернула крепко нитку, взвалила себе мешок на спину и сквозь щелку влетела в детскую.

Петрикова душа от большого страха такая вдруг сделалась маленькая, что без труда поместилась в мешок мухи-Шептухи, — еще даже место осталось.

Когда наговорная муха влетела в детскую, там чуть видно ночник горел. Превращенка-заяц спал крепко с открытым ртом.

Муха-Шептуха живо стрясла ему в рот душу Петрика, которую он и проглотил, а заячья душка давай бог ноги, прыг-прыг прямо мухе-Шептухе в пустой мешок.

А муха-Шептуха опять затянула мешок крепко-накрепко нитками, перекинула его за спину и мах-махом в кухню под стол. Зайцу нос лапочкой щекотнула, чихнул заячий нос, заяц вобрал в себя свою собственную душу, да к выходу.

— Проваливай, ну тебя! — заорал радостно Ганька и открыл настежь двери. Проваливай!

Мелькнул белый заячий хвост, и поминай как звали, удрал заяц.

К плите вернулся Ганя сердитый, ворчит:

— Если не ты, Духовик, самый главный, зачем же ты важничал?

Смотрит: ан Духовика вовсе нет никакого. Валяется луковка, валяются макаронки.

— Тьфу! — сказал Ганя. Взял корку хлеба, посолил ее, посолил луковку-Двоехвостку и съел.

Утром Петрик встал прежний, веселый, ничего не боялся. Какао выпил три чашки, все хвалил да похваливал. Тетю Сашу целовал, чуть серьгу из уха не вырвал, рассмешил старого дядю, нянюшку с ног сбил.

— Ну, слава богу, теперь пойдет рост хороший! — сияла нянюшка.

А Ганька так разоспался, что его мать к обеду едва добудилась:

— Ты, пострел, двери ночью открыл, настудил?

Молчит Ганя, хохочет.

О пропавшем зайце никто не жалел. Большие так даже порадовались: ну его! Из-за зайца все хлопоты приключились.

А Ганя с Петриком веселятся: по-нашему, дескать, вышло — у зайцевой мамы хорошее продовольствие, а сам он домой убежал, целый, не жареный.

Одно только мальчикам жалко: Евмея Фуфанея не пришлось больше видеть. Пришли печники, котел вынули, дыру заложили кирпичом и замазали. А для воды тетя Саша купила огромнейший жбан белой жести, который Плакида переворачивала на ночь вверх дном для просушки, а потому в этом жбане ничего не смогло завестись, даже ржавчины.

Хитрые звери

I

У кадета Васи папа с мамой давно умерли, и он должен был слушаться только бабушку с дедушкой. Зимой Вася учился в корпусе, а летом ездил в деревню. В деревне дом был большой, со стеклянным балконом, а за домом и сад и огород.

Дедушка, толстый и ласковый генерал в отставке, чинил все, что было поломано: будильники, кофейные мельницы, или снимал с фруктовых деревьев червей. Бабушка, небольшая и тоже толстенькая, целый день варила варенья на стеклянном балконе, перебирала грибы, сушила малину и то и дело кричала: "Лукерьюшка, банку! Лукерьюшка, уксус, перец, лавровый лист!"

Старуха Лукерьюшка жила на кухне, пекла пироги, чистила клетку зеленому попугаю, а когда господа уезжали в город, ей одной отдавали ключи. Зубов у Лукерьюшки было всего-навсего два — один наверху и один внизу. Слышала старая плохо, а видела и того плоше: зачастую с пустым барыниным капотом говорила, как будто с самой барыней.

— Сожжет дом старуха, недослышит, недосмотрит, воров в окно пустит! охала бабушка всякий раз, как ездила в город.

— Ничего, обойдется! — успокаивал дедушка. — Зато меня старая вынянчила!

Вася-кадет был ужасный шалун: кроме удочек и ружья, привозил на лето еще и переэкзаменовку; но вместо того, чтоб за книжкой сидеть, он — на дереве, он в конюшне, в курятнике...

У кур Вася яйца таскал и себе бил из них гоголь-моголь. Вот из-за этого гоголя-моголя и вышла в доме большая история.

Дело в том, что в тот же курятник, но не за яйцами, а за цыплятами, кроме Васи бегала еще и лисичка. Она подползала неслышно, как умеют ползти одни только змеи, и хвать одного цыпленка за горло, и другого, и третьего.

Кричит петух на лисицу: "го-го, го-го!", кричит курица: "куда ты, куда ты!". "Го-го" и "куда ты" слышится только по-русски, а по-звериному это очень бранные слова, да лисе все равно. Наестся до отвала, а убьет еще больше, чем съест.

147

Вот однажды под вечер и встреться лисичка с Васей-кадетом в курятнике. Лиса живо зарылась в рогожи, с которыми была в один почти цвет, чуть дышит, не шелохнется, а сама глазом сквозь дырку все видит и ушки наставила.

Торк... торк... крутит Вася ложечкой гоголь-моголь. Побьет, побьет и полижет: по лицу видать — очень вкусно.

"Вот попробовать!" — глотает слюнки лиса.

И только Вася вскочил на минутку за бабочкой, лиса скок к гоголю-моголю и слизнула.

— Эге! — говорит. — Надо б и мне этак кушать.

Еще посмотрела лиса, что спит Вася на белых подушках, под беленьким одеялом.

— Эге! — говорит. — Вот и мне этак-то спать.

И задумала.

II

В густом лесу жил смешной зверь барсук. Он чуть больше лисы, неуклюжий, а по морде и по голове у него идут белые полосы. Барсук не очень-то умный, но жизни порядочной, аккуратной; нору роет на солнечной стороне, обложит ее мохом и листьями, а вверх трубы проделает, для чистого воздуха, — не любит, чтобы пахло дурно. А лисьего духа барсуки совсем не выносят.

Лисица все это знала отлично, и так как барсук ей был нужен для ее затеи, она выждала, когда он темной ночью пошел за припасами, и прыг в его чистую норку; кругом себя хвост распустила.

Уже светало, когда барсук, нагруженный кореньями, возвращался к норе. Устал он, вспотел, язык высунул, — отдохнуть бы! Споткнулся об острую лисью морду, как рассердится:

— Пошла вон, пошла!

— Хоть сама я уйду, да мой запах останется, — сказала лисица, — а на завтра своих лисенят приведу, на послезавтра племянников, — после нас не продышишь!

Заплакал бедный барсук, сложил на землю припасы, а глаза утер лапками. Хвостом ему нельзя вытираться, у него хвост короткий.

— Утри, барсук, слезы, утри, — смеется лиса, — я тебе

148

лучшую норку нашла: будешь спать на белой подушечке, под беленьким одеялом, будешь грызть сахар, и яблоки, и изюм. А изюм — это спрятанный на зиму виноград.

Барсук потер лапкой лапку, он очень любил виноград; но вспомнив, что лисица зверь хитрый, с опаской сказал:

— А что вы с меня взамен спросите?

— Хвост мне расчесывать — это первое, — сказала важно лиса, — а еще ты научишься быть на двух только лапах, потому что в моей новой норке ты будешь зваться уже не барсук, а Вася-кадет. Если хочешь узнать все подробности, беги за мной следом.

Лиса побежала в лес, даже не оборачиваясь на барсука, она знала, что в испорченной норе он все равно не останется. И правда, понюхал барсук хорошенько берлогу, с досады плюнул и побрел за лисицей.

Шли звери, шли, занозились, измазались, пробираясь сквозь чащу, наконец, когда рассвело, увидали медведя.

Разлегся медведь на лужайке, задрал кверху лапы, лежит себе, греется. Над ним солнышко, под ним мох зеленый.

— Эй, медведь! — кричит лиса еще издали. — Хочешь стать генералом?

— А чем я дешевле? — ухмыляется Мишка.

— Дурень, дурень, нашел что сказать — смеется лиса. — Ходишь грязный, косматый, без галстука; жрешь что встретится, — хорош генерал!

Мишка-беспутный, так звали его все в лесу, был медвежонок, только что выросший в пестуны, очень сильный, громадного роста, но такой ленивый, такой обжора, что родители даже о нем не жалели, когда он своих братцев маленьких побросал и пошел где попало таскаться.

— Теперь, пестун, зима скоро, — сказала лиса, — а зимой хорошо в норе теплой. Ты как: сам нору сделаешь, или обратно в родительскую?..

Лиса отлично знала, что родители Мишку выгонят, если он к ним вернется, а самому ему нору сделать лень, да и поздно, вот-вот землю изморозь хватит.

Опечалился толстый пестун, взял прутик, прутиком когти чистит, чтобы скрыть слезы.

Лиса выждала минутку-другую, села рядом с Мишенькой на бугор и погладила его мягкой лапкой.

— Не кручинься, — ласкается, — я все пятки отбегала, а тебе зимнюю норку нашла, да какую! Будешь есть каждый день что угодно, будешь спать на перине под беленьким одеялом, будешь спрятанный на зиму виноград есть, который люди называют изюм. И меду, Мишенька, какой выберешь: и липовый есть и гречишный.

Медведь обрадовался и сказал:

— Даже очень хочу.

— Вот это, Мишенька, дело, ай, умник! — похвалила лисичка. — Через неделю господа уезжают: генерал, генеральша и кадет ихний Вася. Старушка останется старая, чуть видит, чуть слышит, да попугай зеленый.

— Попугай — кто такой? — спросил с опаской Мишка. — Он по морде меня не побьет, как мамаша?

— Что ты! — хохочет лиса. — Попугай сидит всегда в клетке, он птица, хоть и ругается, как человек. А старушка, чуть увидит тебя в генеральской одежде, наверно сочтет генералом!

— Гы... гы! — с удовольствием крякнул пестун. — А откуда одежду возьму?

— Об этом сама позабочусь, — сказала лиса. — Ты одно мне скажи: согласен идти в генералы? Подумай только, пестун: мед кушать, сахар, наливку хоть ведрами!

— Гы... гы... — кряхтит Мишка, — даже очень согласен.

— И отлично, значит, все господа налицо, — ухмыльнулась лисичка, — медведь — генерал, барсук — Вася-кадет, а я — сама барыня, сама генеральша.

И лиса побежала к усадьбе налаживать дальше свое хитрое дело.

III

Было еще совсем темно, когда лиса прокралась чрез густой барский сад к стеклянной террасе и против самых ступенек шмыгнула в кусты. На террасе блестела при полной луне попугаева медная клетка.

Попугай, зацепившись за железные прутья лапами, перевернулся вниз головой и думал о своей милой родине.

К опрокинутой голове кровь приливает, а попугаю чудится — это греет его индейское жаркое солнце, вокруг на пальмах качаются обезьяны, под обезьянами тяжелые носороги идут медленно к водопою, а вверху и внизу порхают чудесные птицы, такие ж, как он, попугаи.

И слышится вдруг сладкий шепот в кустах:

— Славный попочка, умный попочка, хочешь быть над зверями царем?

Живо перевернулся попугай, голова вверх, хвост книзу стал, как у всех попугаев, и скривил набок голову, слушает. Ничего. Кругом же одно огорчение: вместо пальмы береза, сам сидит в крепкой клетке, а птиц всего-навсего курица да петух. Опечалился попугай, закрыл глаза белыми веками. Опять голос идет от кустов, еще вкрадчивей прежнего:

— Хочешь, попочка, быть над зверями царем?

— Что такое! — закричал попугай недовольным бабушкиным голосом. — Пыль вытирать чисто, чисто.

Однако раскрыл оба глаза и с удивлением разглядел в кустах острую лисью морду.

— Меня к тебе, попа, звери прислали послом, — заюлила лиса, — хотят тебя вместо льва звать в цари. Ты по разговору почти человек, а человек даже льва держит в клетке.

— А-а! — сказал важно попка и поднял вверх лапку, а лиса знай свое тараторит:

— Как только люди уедут, принимай, попа, посольство.

— Клетку открой, клетку открой! — Заорал попугай.

— Ах, попа, хотела бы, да не смею. Надо мной есть старше послы, барсук да медведь. Они и то мне не верят, что ты говоришь по-людски. Ты сперва должен при них по крайней мере дня два покомандовать над Лукерьюшкой, чтобы звери видели: человек попу слушает.

Попугай вычистил клюв, повел кругом глазом да как начнет нараспев:

— Ме-еду, Лукерьюшка, а масло, а сыр?

И вдруг взвизгнул:

— Дура, дура, дура... хлеб позабыла.

— Ох ты, попочка, царь лесной! — залилась лиса тихоньким смехом. — Ты нам два дня покомандуй, а на третий мы выпустим тебя на свободу, посадим на львиный престол. А сейчас до свиданья!

И она убежала.

— Пыль вытирать чисто, чисто! — сказал гордо попка и уже не перевернулся вниз головой. Ему казалось это неподходящим при его большом сане. Попка чувствовал на спине своей львиную гриву и топорщил зеленые крылья, чтобы казаться побольше.

Была глубокая осень. Хлеб давно уже сжали, смолотили, а зерно увезли на соседнюю мельницу. Лен тоже повыдергали и сложили его мокнуть в речку. И так долго лежал в речке лен, что уже перестал бояться простуды и совсем позабыл, что когда-то цвел нежным голубеньким цветком.

Подвалы в усадьбе битком набили огородным добром: бураками, картофелем и морковью. Яблоки с грушами, как батальоны солдат, лежали рядками на полках. Всех девушек, работавших в городе, барыня уже отпустила домой, наградив на прощанье алой и синей лентой.

Вася-кадет, зажав крепко уши, готовился с утра и до вечера к обеим своим переэкзаменовкам. Дедушка делал бесконечный список того, что ему надо было купить в городе, а бабушка, хоть и охала, хлопотала с Лукерьюшкой над коржами, индюшками и пирожками.

Попугай, думая о предстоящем посольстве, что есть силы учился командовать, передразнивал барыню: "Лукерья, кур не забудь, Лукерья, одно тесто сдобное, другое крохкое, третье тесто так себе, на дрожжах!" У дедушки разболелись ноги, ехать ему неохота, ходит себе да вздыхает:

— Ой, быть беде! Ой, лошади понесут, ой, ось пополам, не доедем до города.

А попугай подхватил, надрывается: "Ось пополам, ось полам!"

Однако ничего себе, все обошлось. Лукерьюшка вовремя подала всю провизию, кучер смазал на славу колеса, тройку козырем подкатил к крыльцу.

Бабушка нанизала ключи на большое железное кольцо и заперла его в саквояж. Кадет Вася со слезами прощался со своим попугаем, в последний раз набил пазуху и карманы морковками и, взяв в руки сумочку с переэкзаменовками, уселся грустный на передней скамье.

Прозвенел раз-другой колокольчик и стих. Лукерьюшка старая долго стояла еще на крыльце, крестя рукой воздух, чтобы господам путь был легкий, дорожка скатертью.

Вот уже смерклось, вот уже Лукерьюшка дом обошла с длинною палкою, в кустах ближних пошарила, нет ли где вора. Никого не нашла, успокоилась. Вот уже обеденных щей похлебала, сейчас будет ставни захлопывать.

И невдомек старой, что почти под носом у ней диводивное. На стеклянной террасе стоит столб мохнатый, от пола до верхней форточки, в нее конец столба лапами лезет.

Со стороны ничего не понять, а попугай в медной клетке все знает: столб мохнатый — посольство, его пришло звать на царство. Внизу, первый, медведь; упер свои лапы в колени, стоит сам на задних, морда веселая ухмыляется. Мишке на спину влез барсук, барсуку стала на спину лисичка. Вот она почти вся уже и в форточке. Прыгнула лиса в комнату, ключ в дверях повернула, двери настежь: пожалуйте, господа. Облизнулся барсук: войти хочется, а дрожит, очень страшно. Медведь как поддаст ему сзади лапой, оба вместе влетели.

А лисичка, совсем одетая, уже кружится перед зеркалом: на ней капот барыни, ушки спрятаны под кружевную наколку.

Видят куры с насеста, смеются: ай, барыня!

Медведь еле-еле надел человечью одежду, кряхтит. Всюду тесно ему, неудобно. Зато барсук с удовольствием пролез лапами и головой в белую Васину рубашку, подтянул себя ремнем с бляхой, совсем Вася-кадет. А лисичка хватила утюг и обоим зверям хвосты поутюжила.

Потом лиса звонок взяла в лапу и сначала чуть-чуть, а там громче и громче позванивает: динь, динь, ди-динь!

Старая Лукерьюшка приставила заборами руки к ушам тугоухим: "Никак колокольчик! Назад господа возвращаются, не беда ль, прости господи!"

А беда ль не беда, одно знает Лукерьюшка: раз возвращаются, самовар чтоб сейчас на столе, потому час чаепитный.

Только Лукерьюшка в комнаты, а ей уж навстречу барин и барыня и кадет.

— Гы... гы!.. — как рявкнет вдруг барин медведем.

— Прости господи! — шепчет Лукерьюшка, пятится. А лиса не глупа, схватила в лапы попугаеву клетку, сует когти меж прутьев. Забыл попугай про почет, про посольство, дух дикий близко почуя, как заорет вдруг последнее, что запомнил: "Ось пополам, ось пополам!"

— Сами-то живы остались, слава богу, — радуется Лукерьюшка и торопится ставить на стол все, что надо: и булки, и коржики, и оставшиеся пирожки.

— Варр... ренье! — кричит оправившийся попугай голосом Васи-кадета и гордо хорохорится в клетке.

Он уже не боится, что лиса его может съесть, как съедает обыкновенную птицу, он отлично знает: лиса, и барсук, и медведь — посольство из лесу его звать на царство. Для того и господское платье надели, чтобы в доме пожить, посмотреть, как командует он человеком.

— Лукерья, наливку! — говорит попугай барином-генералом. И спешит, спотыкается старая, ставит перед медведем бутылочку:

— Выкушай, батюшка, ваше превосходительство.

Наставила Лукерьюшка полный стол всякой всячины и ушла. Звери сейчас цап руками и в рот. Медведь банку с вареньем как опрокинул над пастью, так и не отнял, пока дна не увидел. Барсук густой пенкой морду измазал — не видать черной шерсти, весь белый, как мельник, ищет, чего бы еще ему съесть. В минуту все пусто.

— Попочка, покомандуй! — шепчет лисица. — Посольство в тебе сомневается.

Склонит попугай набок голову и заведет:

— Ме-еду, Лукерьюшка, масло и сыр...

Носит Лукерьюшка, носит, других мыслей нет в голове: "Натерпелись господа страху, свой страх заедают. На здоровьечко!"

Носит Лукерьюшка, носит, все чисто едят господа, пустые блюда назад подают.

Одно она не удержала да на пол, нагнулась осколки поднять, завизжала не своим голосом и на кухню. Медведь не успел сапог надеть, позабылся и мохнатую лапу выставил, старуха в медвежью-то лапу руками и въехала.

Хорошо, лиса дернула попугая за хвост; он разозлился, да как зачастит: "Дура, дура, дура"...

Услышала "дуру" Лукерьюшка, опомнилась, посветлела. "Что это, — думает, мне бог знает что померещилось, должно быть, заморские туфли барин надел".

Убрала все тарелки Лукерьюшка и спать полегла, а звери ее испуга сами так испугались, все за ширмой столпились, дрожат: а ну как старуха сейчас закричит караул? Прибегут мужики, кто с ружьем, кто с дубьем, снимут шкуры.

Медведь и барсук ни за что лисе не позволили огонь зажигать, хоть урезонивала их она, что за ставнями ничего со двора не видать; чуть стемнело, одежду с себя поснимали и положили для чистки на стулья за дверь: лиса сказала, так люди делают.

Вспотел медведь, пока толстыми лапами складывал, двадцать раз в мыслях и лисицу ругнул и себя самого за то, что из леса удрал.

Когда звери разделись, ширмы плотно к кровати приставили, заперли двери входные на ключ, чтобы

Лукерьюшка не вошла ненароком, и закрыли себя с головой одеялами.

Утром прыгнула лиса первая из кровати, капот со шлейфом надела, ушки спрятала под наколку и скорее в столовую. Занавески спустила, чтобы Лукерьюшке в слабом свете звериных морд не видать. А напрасно трудилась: если б Лукерьюшка и заметила, что неладно под чепчиком барыни, сама бы первая себе не поверила.

Опять звери много съели и выпили, а еще больше в узлы навязали: "понемножку все в лес перетащим", — учила лисица.

Осмелели звери, костюмами занялись: медведь галстуки все перерыл, что ни станет завязывать — в лапах порвет. Наконец выволок чистое полотенце и обернул себе шею.

Лисица все баночки, все пузырьки перетрогала, напомадила хвост себе так, что капает, а барсук часы нацепил. Не ест больше барсук, не пьет, лапы расставил и слушает: тик-так, тик-так, часы тикают.

Медведь нашел очки барина, надел себе за уши, взял в руки старую кофейную мельницу, уселся удобненько в кресло и знай себе... крутит.

Крутит мельницу медведь, крутит, и кажется ему, что он делает самое важное генералово дело. И такой сделался у него важный вид, что как стал барсук у пестуна сзади кресла на цыпочках, так и остался стоять.

А лисица задумала до конца все господское перепробовать, через попугая заказала Лукерьюшке ванну. "Вот, — думает, — буду-то после ванны пушистая".

Пока Лукерьюшка напускала горячую и холодную воду, лиса торопилась набрать всякой всячины из комодов. Себе кружевные наколки и бантики, барсуку красный Васин пояс, а медведь сам принес свою мельницу и очки.

— На сегодня, — говорит, — я накрутился, а завтра крутить буду в лесу, надоело мне здесь: ни крякнуть, ни пикнуть, всего-то боишься.

— Ладно, Мишенька, ладно, — кивает лисица, — сегодня вечером и уйдем, дай только ванну возьму. Ты мне, Миша, спинку намылишь, а барсук хвост расчешет.

Лисица отлично знала, что настоящие господа не сегодня-завтра должны возвратиться, из осторожности приказала барсуку узлы стащить в ванную комнату: "чуть что, мы с узлами в окошко махнем".

Лежит лиса в ванне, распарилась, разморилась, ко сну ее клонит. Под мордочкой у нее подушечка-думка: медведь приспособил генераловы галстуки — все связал, поперек протянул, а на них подушку.

Вот уж и хвост лисий от помады отмылился, сам собой вылез наружу, барсук его высушил, теперь гребнем расчесывает. Вот уж медведь взял мохнатую простыню, расставил лапы, держит: выходи, лисанька.

— Ах, всем косточкам весело! — хвалит ванну лисичка. — Будто под летним солнышком, еще, Миша, минуточку... и еще... и еще.

И заснула лиса. Сладко спит, снов не видит. Жалко медведю ее разбудить, стоит с простыней, позевывает, охота ему снова мельницу помолоть.

"Вот, — думает, — скоро как я сделался генералом".

А барсук не думает ничего, сидит себе на скамеечке, хвост лисий чешет.

И не чуют звери, что тройка в ворота влетает. Едут без звону, с подвязанным колокольчиком. Надоел в пути барыне, приказала убрать. Обочлась днем лисица, скорее в городе управились господа и обратно.

Вот подъехали. Что такое? Лукерьюшка пьяная или помешалась, спрашивает: "Как прикажете доложить?"

— Дура старая! — крикнула барыня.

— Дура старая! — откликнулся попугай.

Вошли в комнаты, все перерыто, в граммофонной трубе торчат старые кости, ковры залиты; воздух такой, что без зажатого носа и шагу не сделаешь.

Открыла генеральша дверь в ванную, да назад хлоп! — и в обморок. Заглянул за генеральшею генерал.

— Эй, жандармы, — кричит, — полицейские!

А медведь на него как оскалится. Генерал себя хвать за голову и упал с генеральшею рядом.

Лисичка очнулась, как была, мокрая, прямо из ванны командует:

— В лапы узлы, айда!

Стал пестун под окошком, барсук пестуну прыгнул на плечи, лисица — сверху. Раскрыла окошко и раз — сама, два — барсук, три — пестун. Узлы за плечо перекинули — и лови, кому бегать охота!

Очнулись генерал с генеральшей, глядят: в ванной пусто.

— Слышишь ты, — говорит генеральша, — не смей никому говорить, что вместо нас жили звери, это еще ни с кем не случалось, а потому оно неприлично, и над нами будут смеяться.

Пумпин сад

Пумпа! Так звали эту девочку папа, мама и все знакомые. Девочка была толстая, белая, игрушками не очень любила играть, зато как встретит больного жука или улитку с раздавленным домом, сейчас отдаст им свою котлетку, манной кашей перед носом покапает и конфетку откусит в прибавку.

Добрая была девочка!

У Пумпы в саду лежал серый камень, обвитый плющом. Под ним жила многоножка-сколопендра, а к ней в гости прилетал жук-носорог.

Сам будто сделан из лучшего шоколада, на носу рог, назад загнут и крепкий-прекрепкий.

Этого жука Пумпа спасла от смерти. Соседний мальчик накрыл его стаканом, а сам убежал за эфиром. Пумпа стакан отвернула, а жука подержала на ладошке, пока он, сделав зум-зум, не улетел.

Под вечер жук-носорог вызвал на совет сколопендру и лягушку-тетеньку из бассейна.

Лягушка-тетенька, чувствуя ночью себя в безопасности от мальчишек, хлопала лапой озорных головастиков, убеждая их, чтобы ложились спать в тину.

— Тетенька! — позвал ее жук-носорог.

Тетенька отпустила лапку, и головастики немедленно заегозили в воде.

— Сегодня девочка Пумпа спасла меня от эфировой смерти, и за это я ей хочу показать, как мы веселимся в бассейне. Я скажу над девочкой заговор, она станет крошкой и обтанцует себе все ножки на нашем балу.

Но вот беда: девочка родилась бескрылой, и ей надо два крылышка, чтобы она не была между нас неприличной.

— Перепонки на лапках, я полагаю, красивей...

— Я не спорю, — шаркнул вежливо жук-носорог, — но для Пумпы годятся и крылья. А вот не знаете ль, где их достать? Вы давно тут живете, а я ведь залетный.

— Ка-ак вырастет, та-ак и растопчет и вас и нас! — сердито квакнула зеленая тетенька.

Зато божья коровка, которую никто не спрашивал, пропищала:

— Ах, крылья, непременно крылья.

— Помогать надо делом, с пустяками не лезьте, — оборвал сухо жук-носорог.

Божья коровка хотела обидеться, но вспомнила, что она считается кроткой, и сдержалась.

— Однако смеркается... — забеспокоился жук, — скоро девочка ляжет спать, помогите нам, милая тетенька!

— Пару крыльев ты можешь достать тут поблизости из пчелиного склада.

И тетенька, указав лапкой, повернулась с вопросом к сколопендре:

— Какая это девочка? Правда, добрая?

— Я так устала кусаться и ползать, — сказала грустная сколопендра, — что мне трудно судить о чьей бы то ни было доброте, но когда Пумпа меня встречает, она не берет в руки камня и не орет во все горло: фу, гадость!

— Значит, я покажусь ей совершенной красавицей, ведь я же куда лучше вас! — и зеленая тетенька, расправив свои перепонки на лапках, затрещала божьей коровке: — П-р-р-ри-води ее... п-р-р-ри-води ее...

— Божья коровка, — скомандовал жук-носорог, — извольте немедленно вызвать Пумпу к окну. Я скажу над ней заговор, смеряю плечи и полечу в склад за крыльями.

Пумпа сладко спала, притиснув к себе суконную уточку, а в углу горела зеленая лампада.

Сразу поняв, что уточка не живая, божья коровка проползла смело к самому ушку Пумпы:

— Беги поскорее к окну, тебе будет весело...

Пумпа сейчас схватилась с постельки, босыми ногами шлеп-шлеп к окошку.

А там уже ждет ее жук-носорог. Боднул чуточку рогом и гуднул свой заговор:

Пум-па, зум-зу!
Пум-па, бум-бу!

Пумпа вздрогнула и сделалась крошкой, ну просто с маленький нянин наперсток. Захотела она испугаться, да не успела, все вдруг ей сделалось такое новое да интересное: божья коровка ни дать ни взять та монашка, что по домам ходит с черной книгой, только красный плащ привесила за плечами. А коричневый живот жука-носорога — будто ореховый мамин комод с выдвижными ящиками, мохнатая мордочка наверху.

— Извольте садиться мне на спину и держитесь за рог! — подставил жук вежливо шоколадные крепкие крылья.

Пумпа со смехом вскарабкалась на жука и, словно шею

158

лошадки, охватила двумя руками его гладкий отполированный рог. Загудел жук и тяжело двинулся над кустами и травами прямо к большим листьям старого лопуха.

Один из мягких листьев скреплен был какою-то клейкою гусеницей так, что получилась глубокая изумрудная пещерка. В пещерке этой лежала черная куколка улетевшей бабочки, а в ней мягкий пух одуванчика.

Вот в эту постельку жук положил Пумпу и сказал:

— Досыпайте ваш сон, пока я вам не устрою нарядного платья.

Жук осыпал девочку маком, девочка заснула, а он направился к старенькой казначее, начальнице пчелиного склада, где хранились мед, воск и прозрачные крылышки умерших пчелок.

Жук шаркнул ногой казначее-начальнице и склонил вежливо рог.

— Будьте добры, не откажите мне парочку крыльев, нештопаных и нелатаных!

Пчелка знала, что попусту такой важный жук и слова не скажет, любопытство свое затаила, распечатала непочатую дюжину и подала жуку-носорогу два самых лучших крыла.

— Зум, зум... — от души сказал жук и отнес осторожно крылышки к Пумпе.

— Теперь дело в шляпе, вот только бы крепких ниток достать! — И, не отдохнув, жук-носорог опять полетел.

Между ветками пестролистного клена расселся огромный паук-крестовик в своей паутинной квартире. Он сожрал только что десять мух, и ему сейчас казалось, что он стал очень добрым и больше никого никогда не съест.

Сытый паук смотрел на круглую серебряную луну, считал ее пятна и думал, что, быть может, это не что иное, как тоже большущие пауки, конечно, все же поменьше его самого, которые, вот так же наевшись, отдыхают в своей паутине и, в свою очередь, принимают его паутину за простую луну, а его самого — за пятно на луне.

Жук-носорог, как только заметил, что сытый паук размечтался и уже безо всякого толку пустил свою нитку, тихонько подкрался к нему, намотал себе полные лапки и дралым-драла!

Девочку в отсутствие жука стерегла многоножка-сколопендра; она сейчас же ухватила паутину за кончик и размотала ее на желудь.

— Девочке, кроме крыльев, нужны башмаки, — напомнила

159

жуку сколопендра, — в свои прежние она теперь спрячется с головой, а ходить босиком для людей неприятно.

— Здесь готовые башмачки есть, да мне не под силу их снесть, — вдруг сказал кто-то сверху.

Жук-носорог поднял рог и увидел на спелом подсолнухе старую пчелу-казначею: не утерпела она, полетела-таки поглядеть, для кого нужны жуку крылышки.

Жук-носорог поднялся на подсолнечник к казначее, и старушка ему указала двух маленьких червяков, живших в семечках. Червяки давно съели вкусные зерна и лежали в совершенно пустой скорлупе.

— Червяки, не угодно ли вам на другую квартиру? — предложил носорог. — Все равно вам в пустой делать нечего.

— А ведь в самом деле, — сказали червяки, — чего здесь сидим, сами не знаем, давно кушать хочется!

Червяки вылезли, носорог боднул пустые семечки, они вывернулись из своих чашечек. Одно из семечек жук насадил на свой рог, другое обнял передними лапками и снес к девочке. Туда же, в изумрудную пещеру, положил он Пумпе лиловую юбочку — цветок колокольчика.

— Ну, теперь у вас все готово для выезда, будите-ка девочку, — сказала многоножка-сколопендра, — а я уползу под камень, сколопендрята скучают...

— Бум-бум, зум-зум! — гуднул весело жук. Пумпа проснулась и кинулась одеваться.

Как влезла в туфельки, так и заплясала: уж очень понравилось ей, что они в атласных полосках: одна черная, другая белая. Лиловая юбочка колокольчика как раз была впору, носорог обкрутил паутинкою вокруг пояса, чтобы не свалилась, а к зеленой кофточке пришил за каждым плечом по крылу.

Девочка стала такая красивая, что носорог не выдержал, забыл свою важность и стал приплясывать, подпевая неизменную свою песенку: "Бум да бум, зум да зум..."

— Вот теперь, когда вы крылатая, вас с радостью заберут с собой наши пчелы, — сказала старая казначея, — они сейчас понесут к бассейну царицу.

— Прекрасно! — обрадовался жук-носорог. — Вот вы им и представьте мою девочку, а я должен слетать к речке, вычистить рог свой песком.

Только жук улетел, как появились пчелы в зеленой упряжке с Гуделой-кучером, толстым шмелем. На липовом листе стоял трон из желтого воска, на троне сидела царица с длинным бархатным туловищем и узкими крыльями. Царица держала вверх голову, так как она очень гордилась тем, что не умеет работать, как рабочие пчелы, а всю жизнь кладет яйца. Увидав крылатую Пумпу, царица приняла ее за чужую пчелиную матку и наготовила было жало, но старая казначея с низким поклоном пошептала ей на ухо, что это всего-навсего девочка с пришитыми крыльями, и царица, посторонившись на троне, пригласила Пумпу сесть с собой рядом.

Навстречу дул ветер, и пчелки тихонько летели к бассейну по аллее ровных, будто остриженных тополей. Пумпе почудилось, что в каждом тополе сидит по тонкой зелененькой девочке, и это вовсе не ветер, а они, взявшись за руки, пригибают верхушки деревьев к земле, чтобы поздороваться с расцветшими за день цветами.

Но вот прилетели к бассейну: кругом белые камни, оплетенные темным плющом, а посредине скала, из которой по праздникам бьет фонтан.

Навстречу Пумпе вылетел жук-носорог. Он уже сделался распорядителем вечера, и поэтому на его отчищенном роге насажена была красная бузина, а за плечами болтался белый маковый плащ.

Поблагодарив за любезность царицу, носорог взял девочку на спину и взлетел с нею к верхнему камню, откуда все было видно очень хорошо.

Только одно место было еще выше этого камня, но ведь оно принадлежало царю этого сада — оленю-жуку. В ожидании его прилета четыре стрекозки, трепеща крыльями, держали в воздухе узорный балдахин — настурцию.

— Разве будет дождь? — испугалась Пумпа за свое новое платье.

— Балдахин делают не ради дождя, а ради почета, — сказал носорог.

— Жж-гу... Жж-гу... — словно птица пронесся на свое место олень-жук и, обняв лапками ветку, встал во весь рост под узорный цветок балдахина.

Непослушные головастики, завидя начальство, вмиг нырнули на дно, показав хвосты тетеньке, а на белых камнях вокруг бассейна расселась публика, вся под рост, вся по чину, по важности. Крупные повыше, мелюзга на песочке.

Первыми — черные блошки, комарики и козявки; потом мухи всех возможных сортов: и цветочные, и салатные, и свекольные, и злые мухи жигалки-кусалки. Эти большие серые мухи особенно драли голову кверху и не втягивали колючего хоботка; они лезли на лучшие места на камнях и, толкая всех встречных, кричали о родстве своем с знаменитой мухой-цеце, которая живет в жарких странах и жалит насмерть скотину.

Муравьи так привыкли трудиться, что даже на вечер притащились кто с яйцом, кто с листком, расселись на лучшее место, а огромные богомолы в нарядных зеленых фраках принуждены были из-за этого встать где попало.

Богомолы промолчали, но зато, отвернувшись в кусты, живо захлопнули передними лапами опоздавшего муравья, стерли его в порошок и отправили в рот; впрочем, они не забыли, что называются богомолами, и, вытерев рот, сложили на молитву свои хищные лапы.

Жук-олень раздвинул рога и, сведя их обратно, простукал открытие вечера. Четыре жука-щелкунчика вышли на главную щепку, поклонились направо и налево низким поклоном и под звон комариков начали свое представление.

Сперва жучки опрокинулись на спину и притворились мертвыми, потом уперлись шеей и крыльями о твердую щепку, сделали громко: "крик-крак!" — и взлетели на воздух. В воздухе щелкуны перевернулись и стали как раз на место друг дружки; один только из всех не расчел прыжка и, перемахнув через щепку, бухнулся в воду. Хорошо, старая тетенька подхватила его своей перепончатой лапой и выудила из воды. Хотел покраснеть бедный щелкун и не смог: сквозь его черноту даже сильный конфуз не пробрался.

После щелкунчиков вышел на щепку усач-дровосек: свои большие усы он откинул назад, а в рот взял бальзаминовый лист с каплей меда — наградой для победителя. На эти усы выползли состязаться две мухи: огромная, важная, родня мухи-цеце, а вторая — просто мушонка из кухни. Обе стали на самый край Жукова уса, одна правого, другая левого. А лететь мухам не позволено: одними лапками, пехтурой, доберись-ка до бальзаминовой чашечки! Которая первая доберется, той и капля меду.

Важную муху, родню мухи-цеце, даже бросило в жар при виде ничтожной соперницы, мушонки из кухни; она выпятила свой хоботок и, глазея на публику, побежала что было духу по гладкому усу и бух... прямо в черную воду.

Подхватила сама себя крыльями важная муха и улетела с злобным гуденьем под хохот всей публики, а мушонка из кухни дотащилась благополучно до меда и выела его весь. Мушонке все хлопали крыльями, а олень-жук сделал ее фрейлиной и велел сесть себе между рогами.

Пумпа так хохотала и била в ладоши, что у нее сделалась икота; ей пришлось выпить воды и, глядя на звезды, считать до ста; считала она не очень-то бойко, пока справилась, блошиные скачки пропустила.

Еще был бег зеленых червей-землемеров, состязание на скорость улиток с домами с улитками голыми и в заключение — прыжки кузнечиков.

Тот самый паук-крестовик, которого перехитрил носорог-жук, протянул по всей щепке нитку, для того чтобы у кузнечиков был одинаковый разбег. Едва паук рванул к себе нитку, кузнечики, вытянув ноги, как английские скакуны, лягнули воздух и полетели на берег.

В честь победителей грянула музыка: тарарум-бум!

Одни козявки ударили по цветочным разрывным семенам, другие же просто-напросто по своему толстому брюшку.

И это толстое брюшко жуков-барабанщиков, дубильщиков, пильщиков и просто навозных жуков гудело так славно, как у людей загудит медный таз, если его хватить палкой.

Но вот олень-жук опять широко развел рога и, сведя вместе, громко стукнул три раза, дал приказ начать танцы. Заплясали козявки попарно и кучами, а муравьи, потеряв своих дам-поденок, топтались глупо на месте, обняв свои муравьиные яйца.

Главная тетенька лягушат занозила о щепку свое белое брюшко и опрокинулась навзничь, — хорошо головастики тут как тут, сволокли ее в тину и приставили к брюшку пиявок: пусть сосут, пока занозу не вытянут!

Пчелкам-медоноскам тоже до смерти хотелось плясать, но они держали каждая по цветку львиной пасти, наполненному медом. По распоряжению оленя-жука мед полагалось пить только под утро, чтобы все обошлось тихо, смирно; но не угодно ль, под общий-то пляс, стоять пчелкам недвижно с своей сладкой ношей?

Шушукались пчелки, шушукались, — и, была не была, сорвались разом с мест шасть к оленю-жуку с угощением. Ничего усиками не сказали, молча львиный зев ему подали.

Ничего пчелкам и олень-жук не сказал, в мед впился и рогами не двинул.

И пошло угощенье...

За оленем-жуком напились богомолы, напились и большая медведка, стрекозки, и жук-барабанщик, и пильщик с дубильщиком, и вся мушиная мелюзга. Пила мед и девочка Пумпа, да еще самый липовый-разлиповый. Выпила, в пляс пустилась: прежде всего с носорогом-жуком, потом со стрекозами и даже с мушонкой из кухни, которая взяла первый приз. Только от нарядного зеленого богомола отвернулась

Пумпа, сколько ни качался он перед нею на длинных ногах, сложив лицемерно хитрые щупальца, те самые, которыми он стер недавно в муку муравья.

Но вот комары хватили камаринскую, богомолам хмель в голову кинулся, забыли они про то, что святоши, да как на задние лапки вскинутся, а передними — дрыг-подрыг! Все чины свои, все заслуги отбросили — и ну плясать танец негров — удалой кэк-уок.

Хохотала девочка Пумпа, хохотала, да и спать захотела: один глазок у ней сразу закрылся, а другой успел подсмотреть, как олень-жук развел вдруг рога и зажал богомолов. Сколько ни ерзали богомолы, сколько ни крутили зелеными лапками — не вырваться им, клещами затиснуты.

Хорошо, медоноски догадливы: поднесли оленю-жуку нового меду, такого крепкого, что он, как выпил, сейчас рога распустил, сам на спину — хлоп, и почетный балдахин продырявил.

Освобожденные стрекозки порхнули встречать восход солнца, богомолы, крадучись, выбрались из кустов, мушки, мошки, комарики — кому куда надо.

Кузнечики затрещали в кустах — ночь кончилась, началось утро.

Добрый жук-носорог расправил шоколадные крылья и снес спящую Пумпу в кроватку.

Там он сказал над ней заговор, снял с рога красную бузину и, положив ее девочке в правую ручку, улетел восвояси.

Когда наутро Пумпа разжала свою ручку, увидела красную бузину, она так ей обрадовалась, что сейчас же спрятала в золотую коробочку и надписала чернилами: "Носорогов подарок".

Русалочка-ротозеечка

Морской царь был вдовый, только всего и родни у него, что наследник-царевич Бульбук да дочка Русалочка-Ротозеечка. Ротозеечкой прозвали царевну за то, что она как задумается, так сейчас ротик и откроет.

А задумывалась она часто и все об одном и том же: как бы ей сделать для всех хорошее дело.

На морском дне ведь дел не то что хороших, а и самых обыкновенных не было никаких. Всем места много, всем пищи много — знай себе плавай! Правда, по утрам морской царь охаживал дозором морское дно: щупал, крепко ль сидят на скалах губки, учил рака-отшельника прятать мягкий хвост в домик, сыпал перламутровой раковине между створок песок, чтобы она не ленилась плакать, крупней жемчуг делать. Все же прочее время морской царь спал себе сладко на цветных водорослях.

Ротозеечку, как ни просилась она, царь ни за что не хотел брать с собой по морскому дозору — потому, говорил он, не женское это дело!

— Ах, няня, мне ску-учно... — плакала царевна усатой Дельфинше.

— Посчитай-ка свои жемчуга, посмотри, как актинии оплетают серебряных рыбок, — наставляла Дельфинша, старая няня.

— Мне все надоело, все ску-учно...

— Выдадут замуж, сейчас станет весело...

— А что делать-то замужем?

— В новом море считать новый жемчуг.

— Опять то же самое! А как попасть в новое море?

— Дай срок, прилетит аист-сват, царевичу нашему притащит невесту, а взамен тебя снесет куда надо.

— А скоро ли прилететь аисту-свату? — не унималась Ротозеечка.

— А вот как волосики твои вырастут до хвоста, тогда уж прости-прощай! сказала ласковая Дельфинша-няня и, сделав русалочке своим твердым усом пробор на головке, заплела ей две длинных зеленых косы, а концы их украсила красными бантами, которые царевич Бульбук утащил для сестры из человечьей купальни. Ротозеечка смерила глазками, долго ль расти зеленым косицам до хвостового плавника, и весело засмеялась: оказалось не больше вершочка.

Наступила весна, потемнело море, и совсем по-другому, чем зимой, принялся купаться в нем месяц. Побежали, пыхтя, по зеленым волнам пароходы, а за ними по шипучему белому следу во все плавники закувыркались дельфины.

Кряхтит старая Дельфинша-няня, а туда же, за ними кувыркается.

И вот узнала Ротозеечка, что в первую темную ночь, когда безопасней лететь, принесет аист-сват Бульбукову невесту, а ее снесет в новое море.

Отец, морской царь, стал теперь особенно ласков:

— Чем могу угодить тебе, доченька?

— Ах, возьми меня, батюшка, хоть один только раз дозором по твоим морским делам.

Уступил Ротозеечке отец-царь, ну и наплавалась она так, что хвостик у нее заболел, а все-таки ничего интересного в мужском морском деле для себя не нашла.

Все там, по правде сказать, само собой происходит, хоть и вовсе дозором не плавать: рак-отшельник не сегодня-завтра сам научится свой хвостик прятать, губки и кораллы растут, как им надо расти, а перламутровую раковину уж лучше бы вовсе не мучить: жемчуг, конечно, красивый, да ведь и без него прожить можно.

И Ротозеечка приняла крепко-накрепко одно решение.

Вот настал вечер той безлунной ночи, когда свату-аисту прилететь. Расчесала Дельфинша-няня в последний раз длинные зеленые волосы, и покрыли они Ротозеечку густым шелковым покрывалом с руками и с плавниками.

Заплакала старая Дельфинша-няня:

— На кого меня, дитятко, покидаешь?

Отдала Ротозеечка обратно царевичу два красных банта, чтобы он ими украсил свою невесту, обняла няню, и рыбок, и рака-отшельника и села, тихая, к отцу на колени. Едва вышла первая звездочка на безлунное небо, морской царь вывел дочку на большую скалу, торчавшую башней из моря, а сам, чтобы не очень расстроиться, поскорее уплыл. Однако на дне царь не выдержал и как был, в короне и мантии, сел на свой морской пол и заплакал.

— Папенька, пересядьте, прошу вас, на трон, — сказал царевич Бульбук, ведь сейчас моя невеста прибудет.

Царь опомнился, вытряхнул из бороды мягких рачков-креветок, взял в руку коралловый скипетр и сел на свой трон.

Недолго оставалась на камне Ротозеечка одна. Вот послышался шум сильных крыльев, и аист, держа что-то большим клювом и лапами, опустился на камни.

Из черного плаща выскользнула чужая морская царевна, тоже с зелеными волосами, только не скучная, а, напротив того, очень веселая, и с громким смехом, даже не взглянув на Ротозеечку, прыгнула в воду.

— Из чего сделана эта неприятная материя?- спросила Ротозеечка аиста, трогая пальчиком черный плащ.- У нас на дне нет таких водорослей.

— Это резиновый плащ одного мальчика-растеряхи, — сказал аист, — я его подобрал для свадебных путешествий морских принцесс; если пойдет дождь, они под этим плащом не вымокнут в пресной воде, столь неприятной для морских обитателей.

— Милый аист, — попросила Ротозеечка, — вы всё знаете: снесите меня туда, где я могу сделать хорошее дело!

— Эге, — проклектал аист, я- от хорошего дела вам не очень-то поздоровится! Хорошее дело вы можете сделать только в пресной воде. Поступайте-ка лучше в морские царицы...

— Ах, это скучно мне, аист: ведь я никому на дне моря не могу быть полезной, все там навеки устроено, все там по правилам.

— Ну, а чем вы, собственно, могли б стать полезной? — спросил аист.

— Я умею плескать моим хвостиком так, что при месяце кажется, будто в воде купается драгоценное серебро.

— Очень похвально... А еще что умеете? — качнул аист носом.

Заплакала Ротозеечка и сказала:

— Больше ничего не умею.

— Если вы уверены, что плескать хвостиком очень красиво. я могу снести вас поближе к земле: никого нет хитрей человека. Человек из всего извлечь может пользу.

Ротозеечка легла на резиновый плащ и сложила ручки.

— Ах, умный аист, несите меня поскорей...

— Сейчас понесу. Только я должен вас предупредить: от пресной воды сокращаются дни жизни морских обитателей, а для вашего дела мне надо снести вас не иначе как в "Мертвую лужу".

— Несите, несите!

Аист завернул Ротозеечку в черный плащ мальчика-растеряхи и взвился с нею над морем.

Долго летел он, спускаясь отдыхать на болотные кочки и снова вздымаясь над ними; наконец, когда небо уж стало алеть, он бережно вытряхнул русалочку над небольшим озером.

167

— Плавайте себе на здоровье! — крикнул аист, улетая. Ротозеечка очень обрадовалась воде и нырнула. Но, глотнув вместо привычной горько-соленой противную сладковатую, сделала гримаску и всплыла на поверхность.

Невысокие холмы на берегу покрыты были кустарником, у самой воды росли широкие листья мать-мачехи, колокольчики и ползучие травы; впрочем, около одного, самого отлогого берега все это было вытоптано до самой черной земли.

Озеро было круглое и такое тихое, будто уснувшее. "Мертвая лужа", вспомнила Ротозеечка, как назвал его аист, и, грустная, скрылась на дно, но жгучий глаз солнца нашел ее и на дне, и после зеленого сумрака моря светлая пресная вода не дала Ротозеечке ни отдыха, ни прохлады, и только сильная усталость заставила на минуту закрыть глазки.

Ее разбудил топот, чей-то дикий рев и сопенье. Стадо рыжих коров, чавкая копытами, входило в озеро; все жадно вытягивали рогатые морды и ревели во весь голос.

За коровами шел пастушок, грустный мальчик в лохмотьях. Пастушок лениво, будто с трудом, подымал над стадом свой бич с длинной веревкой и хлопал им, как стрелял из ружья, так громко, что у Ротозеечки заныли от непривычки уши.

Когда мальчик сел на камень, Ротозеечка увидала близко его драные лапти и бледные щеки. Она захотела, чтобы он улыбнулся, и сделала единственное, что умела делать, — заплескала хвостиком. Спокойная гладь озера, взбаламученная только у самых берегов пьющим стадом, вдруг взялась светлою рябью и весело понесла эту рябь до самых песков побережья. Казалось, солнце упало в воду и разбилось на золотые чешуйки.

От ожившего озера кусты сделались зеленей, молодые листочки мать-мачехи развернулись, коровы подняли мокрые морды, а невеселый пастушок повеселел; забыл все свои горести и смотрел не отрываясь на ожившую воду, пока ему не закричал кто-то сверху: "Эй, гони стадо доиться!"

Пастушок встал с камня, но, щелкая бичом над коровами, он все оглядывался назад, и Ротозеечка заметила, что походка у мальчика теперь бодрая, как у хорошо отдохнувшего человека.

Когда короткие сумерки сменила синяя многоглазая ночь, пастушок пришел снова. Теперь он был еще грустнее, чем днем, и, обхватив руками нечесаную, лохматую голову, горько плакал о том, как трудно быть маленьким сиротой.

Ротозеечка разрывалась от жалости и опять, не зная, чем утешить мальчика, не умея ничего сказать, только с новой силой ударяла плавниками об воду.

Вот прорезала луна синий бархат неба, и, вдруг побледнев, ушли к богу жаркие звезды. Луна одна, как царица в зеркало, смотрелась в воду, а волны-барашки, поднятые Ротозеечкой, будто молодые пажи, передавали друг другу драгоценные блестки с серебристого шлейфа царицы.

Мальчик смеялся, звал озеро ласковым именем, и казалось ему — это покойная мама выпросила для него у ангелов серебряные игрушки...

А насмотревшись вволю, он тут же и заснул в сухом нагретом песке.

Скоро Ротозеечка заметила, что теперь все время, пока коровы стояли в воде, мальчик, вынув из кармана уголь, царапал им что-то по камню, и при этом у него было такое же счастливое лицо, как у морского царевича Бульбука, когда отец украсил его в первый раз морскою звездой.

Однажды в полдень, едва стадо затопталось в воде, а мальчик по обыкновению пачкал углем раздобытую где-то теперь тетрадь белой бумаги, к нему подошел чужой человек в широкополой шляпе, с ящиком красок в руках.

Чужой человек взял в руки тетрадку мальчика, похлопал его по плечу и, ласково разговаривая, пошел с ним вместе за стадом.

С этого дня Ротозеечка больше не видела пастушка. Вместо него на водопой водил стадо совсем другой мальчик, который на озеро не смотрел и только и делал, что бранил коров плохими словами.

От тоски по родному соленому морю и от разлуки с мальчиком, которого полюбила, Ротозеечка начала тосковать.

Потускнела ее переливчатая чешуя, поредели зеленые косы, а хвостик без прежней силы плескался в воде.

Наступили осенние холода, и сердитый ветер засыпал озеро желтыми и красными листьями. Русалочке очень хотелось уснуть на мягком илистом дне, но она из последних сил выплывала ночью к белому камню, где сидел, бывало, пастушок, и смотрела в черное небо, не летит ли сват-аист в свои теплые страны.

И аист, наконец, полетел, а на пути спустился к белому камню, стал на длинную ногу и качнул красным носом:

— Не хотите ль на родину?

Ротозеечка грустно сказала:

— Я здесь останусь и буду ждать мальчика-пастушка, его увел человек с длинными волосами, в широкополой шляпе.

— Обыкновенно такой человек у людей зовется художником, — прервал Ротозеечку аист. — Но зачем же художнику ваш пастушок? Или он срисовал, как вы плескали хвостиком по воде? Я ведь вам говорил: человек из всего извлечь себе может пользу...

Но теперь уже Ротозеечка не дала кончить аисту, она захлопала в ладошки.

— Ну, конечно, мальчик только и делал, что рисовал, как я била хвостиком по воде! Но мне казалось, что у него выходили одни черные пятна, кроме того, он так ужасно пачкал себе лицо и руки, что едва ли это могло понравиться художнику.

— Ну, разумеется, все черные пятна, кроме тех, которые мальчик сделал себе на носу, пришлись как раз на своем месте, — сказал аист несколько свысока, потому что иначе знаменитый художник не взял бы мальчика к себе в ученики. А что он взял именно его, теперь я знаю наверное.

— Ах, милый аист, опять вы всё знаете, расскажите же мне поскорей!

Аист продул ноздри своего красного клюва и начал:

— На зеленой горе есть сосна с опаленной верхушкой; на эту сосну крестьянские дети насадили деревянное колесо, чтобы жене моей было удобней устроиться с аистятами; туда же и я, само собой разумеется, прилетаю с лягушками в клюве.

Как раз против нас, в белом доме с высокою башней, живет художник. Обыкновенно он жил один со своими картинами. Но этой весной он привез с собой мальчика. Мальчик мне сразу понравился тем, что не дразнил моих аистят, а день-деньской бегал на речку и рисовал ее быструю воду и в дождь и в вёдро.

И я даже обеспокоился, когда мальчик просидел раз безвыходно в своей башне. Пролетая утром за кормом для жены и для маленьких аистят, я заглянул к нему в открытое окошко и — представьте! — не мог удержаться от клекота, а уж, кажется, видал виды и умею держать себя в обществе.

Но разве мог я предположить хоть минуту, что встречу там вас, Ротозеечка, с вашим хвостом, плавниками и зелеными косами, и притом не в воде. а на белой стене круглой башни? Должно быть, вы очень понравились учителю мальчика, потому что, взглянув на стену, он обнял своего питомца и подарил ему такой большой ящик красок, что я бы в нем мог поместить все мое семейство.

Ротозеечка слушала, открыв ротик.

— Как мог мальчик меня срисовать? Ведь я била хвостиком под водой, и ему это не было видно.

— Этот мальчик оказался художником, — сказал аист с знанием дела, — а художники видят то, чего не видят другие, и даже то, чего совсем нет на свете. Один из приезжих гостей

170

написал вместо меня какую-то грязную лиловую птицу и подписал: "Злая совесть". Каково? Это после того, как я выкормил лягушатами аистят, а для чистоты брал болотную ванну!..

Аист еще долго бранил художников и толковал об искусстве, но Ротозеечка его больше не слушала.

Она опустилась на мягкий ил, сложила крест-накрест ручки и стала ждать мальчика. Теперь она знала наверное: если он сумел увидать ее на дне озера, он узнает и то, как она его ждет и как любит.

— Эй, вы, — закричал Ротозеечке аист, — ведь поплескали хвостиком сколько надо, возвращайтесь в соленую воду!

Ротозеечка ничего не ответила, аист обиделся и улетел.

Отошла осень, прикатила на санках зима, соскочил у нее с запяток мороз да как дунет на озеро!

Льдом схватило воду, а вместе с водой и опавшие осенью листья; и стало озеро зеркалом в оправе из желтых и красных каменьев.

Ротозеечка слабела с каждым часом, все глубже и глубже уходила в мягкое дно и, наконец, скрылась в нем с головой. Зато весной, когда берега озера оделись новой мать-мачехой и ползучими травами, из глазок Русалочки-Ротозеечки появились чудесные незабудки, из зеленых волос вырос аир, душистая трава, а к середине лета из самого сердца протянулся вверх белоснежный цветок водяной лилии.

Случилось так, что как раз в это время бывший мальчик-пастушок, теперь любимый ученик известного художника, проезжал с учителем мимо родной деревни.

Мальчик сейчас же побежал к озеру и, махая шапкой, сказал:

— Здравствуй, мой милый первый учитель, здравствуй, дорогая Русалочка! Ты мне часто снилась, когда я пастушком спал у белого камня, и, поверь, я тебя никогда не забуду!

В ответ на его слова цветок водяной лилии, выросший прямо из сердца доброй Ротозеечки, дрогнул белыми лепестками и раскрыл, как огонек в белой лампаде, свою яркую сердцевину.

Мальчик прыгнул в воду, подплыл к лилии и сорвал, насколько мог длиннее, ее коричневый гибкий стебель.

www.ingramcontent.com/pod-product-compliance
Lightning Source LLC
Chambersburg PA
CBHW010807250626
47156CB00010B/3030

9781644398258